제가 이 마을 이장인디요

김유솔 지음

엄마 말도 안 듣던 내가 완도 이장님이 되었다!

제가
이 마을
이장인디요

상상출판

어쩌다 완도

다음 프로젝트에 참여하기 위해 이력서를 작성하고 있었다. 한 칸밖에 없는 직업란에 뭘 써야 할지 고민되었다. 어느 것 하나 본업이 아닌 것이 없었다. 소득순으로 써야 할까? 아님 많은 사람이 알고 있는 것? 결국 고민하다 '자영업'이라고 적어 내면서도 속으로는 친구가 장난스레 붙여 준 '이장+사장=이사장'이라고 써야 하지 않을까 생각했다.

많은 직업처럼 완도에서의 일상은 서울에서의 삶보다 더 치열하다. 눈을 떠서 감기 전까지 사진관 매출을 걱정한다든가, 비가 들이쳐 오래된 집들이 무너지지 않을까, 눈이 오면 제설제가 넉넉한지, 운영 중인 도시 재생 프로그램에 몇 명이 신청했는지, 포스터는 어떻게 만들어야 할지 한 날에도 몇 번씩 밤을 새고 퇴근이 없는 하루를 보내기도 한다.

최근은 그렇게 치열하게 사느라 정신이 없으면서도 일을 마무리하지 못한 밤이면 괜한 두려움이 찾아온다. 당장 쌓인 일 걱정과 더불어 이렇게 치열하면서도 내가 뭘 할 수 있는 사람인지, 뭘 해야 할지에 대한 생각으로 머릿속이 복잡해졌다. 생각이 꼬리의 꼬리를 물었다. 스스로에게 막연히 질문을 던졌다.

'어쩌다 여기 왔지?'

분명 엊그제만 해도 꽉 낀 버스를 타고 출근하고 과장님과 오늘은 밥버거를 먹을지 지하 1층의 카레를 먹을지 고민했는데, 정신 차리고 보니 야경은 온데간데없고 조업하느라 바쁜 밤바다를 보면서 야근을 하고 있었다.

'바다에 낚여서 사진관을 열었었지. 대체 어떻게 왔더라?'

죽어도 서울에서 죽겠다던 내가 어째서 다시 내려왔을까? 5년 전의 내 마음을 알 길이 없다. 아무것도 모르던 애송이의 선택이었다.

'근데 대체 이장은 어쩌다 하게 됐더라?'

전 이장님의 추천으로 이장 일을 시작하게 되었는데 벌써 2년을 연임해 3년 차가 되었다. 잔뜩 사고를 쳐 버린 이 상황을 한가지 단어로 수습하자면 '운명'이 아니었을까. 의도해도 되기 힘든 여러 일을 나는 운명으로 받아들이고 있었다.

우리 엄마 황 여사는 큰딸 덕분에 주름이 깊어져 간다. 죽어도 서울에서 죽겠다며 혼자 서울로 올라간 딸은 회사를 잘 다니는가 싶더니 또 제멋대로 완도에 돌아오겠다고 했다.

예술로는 먹고살기 힘들다고, 서울은 눈 뜨고 코 베이는 곳이라 누차 말했거늘. 그렇게 내려온 것도 모자라서 돈 안 되는 사진관을 차리겠다고 난리, 어느 날은 갑자기 이장이 됐다고 통보를 하니 황 여사 입장에서는 기가 막히고 코가 막히는 일이다.

황 여사의 큰딸은 어째서 자꾸 사고를 쳐 가며 완도에 남겠다고 하는 걸까? 완도가, 용암리가 뭐가 그렇게 좋아서? 완도 다른 동네에 좋은 가격의 매물이 나와도 굳이 용암리를 떠나지 않는 이유는 그리 복잡하지 않다.

내게 완도와 용암리는 계속 있고 싶은 공간이다. 치열한 건 서울과 같은 도시에서나 가능하다고 생각했는데, 야근도 하고, 골치 아프기도 하지만 내가 할 수 있는 게 더 많은 곳에서 활약한다는 사실이 나를 자꾸만 일으키고 걷게 만들었다. 치열하게 산다는 것은 내가 할 수 있는 것이 많다는 사실과도 같았다. 무엇보다 나를 돌아오게 했던 그 멋진 바다를 끼고 일을 한다는 점이 멀지 않은 곳에 위로가 있는 것 같아 나를 더 든든하게 만들었다.

완도에 계속 있어야만 해서는 아니다. 완도에 계속 있고 싶은 마음 때문에 떠나지 않는 것이다. 나는 완도에서 잘 살아 내고 싶다. 처음 하는 일에는 속절없이 무너지고 또 밤새 일할지라도 내가 할 수 있는 일이 무궁무진한 완도에서 산다는 사실이 즐겁다.

앞으로도 운명처럼 내가 해야 할 일들이 내게 닿을 것이다. 지금 내게 닿은 일들은 완도도 이렇게 치열할 수 있는 곳이라고 많은 사람에게 보여 주는 일이지 않을까?

Part 2.
제가 이장이라구요?

Part 3.
이장 3년 차라구요?

Part 4.
언제까지 하냐구요?

Part 1

제가 서울에 간다구요?

완도에서도 완도'읍'이라구요

서울의 지인들과 오키나와 여행을 앞두고 있던 때였다. 어느 순간 대화 주제가 딴 곳으로 새서 누군가 내게 완도까지는 얼마나 걸리냐고 물었다.

"글쎄요, 명절 때는 8~9시간 고속 도로에 갇힌 적도 있는데 안 막히면 5시간 정도?"

다들 어떻게 가냐고 혀를 내둘렀다. 한 번에 가는 기차가 없으니 기차를 타려면 광주, 목포나 나주까지만 가고 거기서 버스로 갈아타야 한다. 아무도 물어보진 않지만 개인적으로 갈아타는 것은 귀찮으니 버스를 타서 그냥 푹 잔다는 말은 꼭 덧붙인다.

"그 정도면 오키나와 가는 게 더 빠르겠는데."

"오키나와까지는 얼마나 걸리는데요?"

"2시간 반."

…완도의 완패였다.

오키나와보다 멀지만(?) 여권은 들고 가지 않아도 되는 그곳. 바로 내 고향인 완도다. 나는 그곳에서 도망쳐 모두의 꿈이 있는 서울로 갔다. 다시는 되돌아오지 않겠다며, 내가 죽으면 서울에 묻어 달라는 망언을 남기고 올라갔으나 끝내 서울 사람이 되지 못하고 뻔뻔스럽게 다시 완도에 와 버린, 완도 지박령이 된 나.

그냥 태어난 곳이 완도였고, 날 때부터 다리가 놓여 있어서 완도가 섬이라는 것도 초등학교 때 '영어로 완도 소개하기' 수행 평가를 준비하면서 처음 알았다. 그래도 내가 살던 곳은 완도에서도 완도읍이라는 본섬으로 있을 건 다 있다. 오락실부터 편의점, 롯데리아까지! 없는 것 빼고 다 있는 동네였다.

완도가 내게 잘못한 것은 하나도 없었지만 고등학교를 졸업하는 순간까지 나는 한 번도 완도를 좋아한 적이 없다. 대다수의 완도 친구들이 그랬지만 난 그중에서도 누구보다 완도를 떠나고 싶어

했고, 싫어했던 사람이었다. 그럴 만한 이유는 충분했다.

그 당시 초등학교에서는 치마를 입고 다니면 6학년 언니들한테 찍힌다는 소문이 있었는데 질풍노도의 5학년이었던 나는 주말에 과감히 치마를 입고 외출했고, 다음 날 간땡이가 배 밖으로 나왔다며 친구들 입에 오르내렸다. 비밀이 없는 치사한 동네.

속없이 엄마에게 전학을 보내 달라며 찡얼거리고, 집 밖으로 쫓겨나기를 반복했다. 이 더러운(?) 동네 내가 고등학생 되면 뜨고 만다며 이를 바득바득 갈았다.

중학교라고 해서 크게 다르지 않았다. 학교 앞 문방구가 이젠 매점이 되었다는 사실 말고는. 오히려 소문이 퍼지는 속도는 더 빨라져서 언니들과 친구들 입에 오르내릴라 행동거지를 더 조심했다. 사춘기로 접어들며 외모에 관심은 많아져 가는데 완도에는 옷을 살 수 있는 옷 가게도 없었다. 문구점에 팔던 청소년 잡지를 사서 갖고 싶은 옷을 오려 붙여 놓는 게 다였다. 아울렛도, 백화점도 완도 청소년에게는 티브이나 인터넷, 혹은 2~3시간 버스를 타고 다른 지역에 나가야만 볼 수 있는 곳이었다. 완도가 시시한 곳이라는 건 친구들 사이에서는 당연한 사실이어서 주말이 되면 친구들끼리 가깝게는 해남이나 강진, 조금 욕심내면 광주나 목포를 가서 문명을 맛보고 왔다.

지금의 인생네컷처럼 그때는 스티커사진이 유행이었는데, 제일 가까운 스티커사진기가 해남에 있는 바람에 단지 사진을 찍겠다는 이유 하나로 버스로 40분 정도 걸리는 해남을 들락날락했다. 그렇게 지독한 중학생 시절을 버텨 나갔다.

대망의 중3, 내게는 완도를 뜰 수 있는 절호의 기회였으나 넉넉하지 못한 집안 형편으로 완도에 있는 고등학교에 갈 수밖에 없었다. 위안 삼을 수 있었던 것은 내가 가는 고등학교의 과와 나의 변치 않은 꿈인 디자인이 조금 연관이 있다는 거였다. 그 사실을 희망 삼아 고등학교 생활을 시작했다. 하지만 이름부터가 수산고등학교였던 나의 모교는 이름처럼 내 꿈과는 정반대 방향으로 나아가는 길을 알려 주었다. 컴퓨터그래픽이라는 과목이 있다고 해서 꿈과 가까워지는 것은 아니었다.

Q. 디자인 회사에 고등학생 취업이 가능할까요?

제품 디자이너가 꿈인 고3 여학생입니다. 평소 문구 회사 같은 쪽에 관심이 많았습니다. 하필 개인 사정 때문에 관련 없는 특성화고로 와 버려서 문제지만... 관련 자격증이라도 따려고 노력 중입니다. 대학 가기 전에 몇 개월이라도, 디자인이 아니라 관련 허드렛일이라도 하고 싶은데 가능할까요?

1. 웹 디자인이나 포토샵 1급 자격증이 도움이 될까요?

2. 웹 디자인도 좋고 제품 디자인도 좋고 그쪽 허드렛일이라도 경험 삼아 해 보고 싶은데 그런 구직 정보는 어떻게 알 수 있을까요?

3. 그 외에 도움 될 만한 것 알려 주시면 정말 정말 감사하겠습니다!

'디자이너가 되는 방법'

몇 번을 검색해 봤을까? 수많은 답변이 있었지만 내게는 그중 어느 것이 정답인지 가려낼 수 있는 기준도, 확신도 없었다. 당시에 고3 담임 선생님에게 물어보았으나 "나는 이쪽 분야를 몰라서…"라는 답만 돌아왔다. 내 주변에는 양식장에 일하는 삼촌, 간판집 아저씨, 작은오빠 친구인 공무원 오빠뿐이라 디자인과 진로 상담을 해 줄 수 있는 사람은 한 명도 없었다.

디자인 관련 대학에 진학하려면 입시 미술을 해야 한다는데, 반에서 그림 좀 그린다는 이야기는 종종 들어 왔지만 그것과는 천차만별일 거라는 걸 아무것도 모르는 나조차도 알 수 있었다. 완도에는 유아 미술 학원은 있지만 대학 입시에 도움이 될 만한 미술 학원은 광주까지는 나가야 있었다. 초등학생 때는 철없이 전학 보내 달라고 할 수 있었지만 머리가 좀 크고 나니까 광주로 학원 보내 달라는 말은 차마 입 밖으로 꺼낼 수 없었다.

아쉽게도 나는 배우지 않아도 기가 막힌 작품을 그려 내는 천재 미술가도 아니었고, 하늘에서 입시 미술을 알려 줄 수 있는 구세주가 짠 하고 나타나지도 않았으며, 부모님이 갑자기 로또 1등에 당첨되어 광주로 전학을 보내 주는 일도 없었다.

초등학생 때부터 독학으로 다져 온 포토샵 실력으로 학교 선생님을 아주 조금 놀라게 하는 정도…? 그저 귀여운 수준이었다. 나는 어떤 일을 해야 하는 걸까? 고등학교 3학년을 끝마치고 전복 판매 회사에서 열심히 일하며 취미로 포토샵을 하는 방법밖엔 없는 걸까? 그렇게 살아야만 하는 건가? 날것도 못 먹는 내가(지금은 없어서 못 먹는다.) 평생 이 지긋지긋한 바닷가에서 해조류, 어패류나 보며 살아야 하는 걸까? 그렇게는 못 산다.

내가 완도를 싫어할 수밖에 없는 이유는 너무 충분하고 완벽했다. 어떻게든 디자인을 할 방법을 찾아내야 했다. 디자이너가 될 거야. 유명해져서 뉴스에 나올 거야. 서울에서 문명을 즐기는 멋진 커리어우먼이 되어야지, 가서 영영 돌아오지 않아야지. 디자인만 하게 해 준다면 영혼이라도 팔아 버릴 고3 여고생의 지식인 질문에 광고 답글이 하나 달린다.

등굣길에 매일 보던
지긋지긋한 주도

지천에 양식장이 깔린
완도 바다

오키나와보다 멀지만(?)
여권은 들고 가지 않아도 되는 그곳.

서울행 편도 티켓

한 디자인 학원 매니저님의 답글이었다.

A. 차라리 고등학교 남은 기간 동안(이제 반년 남았지요~) 확실하게
디자인 쪽을 공부하시고, 바로 디자인 업체로 '전문성 있게' 취직해
보심은 어떨까요?

"바로 취직할 수 있다고…?"

아무것도 모르는 완도 여고생의 마음에 불이 붙었다. 6월에 달린
답글은 대학에 가겠다던 내 굳은 의지를 단숨에 없애 버리고 3개
월 만에 완도를 떠나게 만든 불씨가 되었다. 답글을 달아 주신 매
니저님에게 메시지를 보냈고 장시간 통화를 했다. 가슴이 벌렁벌

렁 뛰기 시작했다.

디자인을 아는 어른이라니! 내가 디자이너가 될 수 있다니! 매니저님은 취미로라도 그려 둔 그림이나 작업물이 있으면 보여 달라며 학원에 방문하면 자세한 상담을 해 주겠다고 했다.

"입시 미술 안 배워도 돼요…?"

매니저님의 대답은 긍정적이었다. 기쁜 소식에 머리가 빨리 굴러갔다. 학원에 다니게 되면 서울에 살 곳이 필요하고 돈도 계속 벌어야겠지? 매니저님에게 "제가 완도에 살아서 당장은 못 가지만 한 달 뒤쯤엔 갈 수 있을 것 같아요."라고 말씀드렸다. 수화기 너머로 당황스러움이 느껴졌지만, 아무것도 모르기에 겁도 없던 나에게는 어떤 말도 귀에 들어오지 않았다.

학원은 이대역 쪽에 있었다. 근처에 있는 패스트푸드점 아르바이트를 알아보고, 그 동네에 고시원을 찾아봤다. 서울은 자주 왕복하기엔 너무 먼 곳이고, 수학여행지였던 에버랜드 외에는 가 본 적도 없었다. (심지어 에버랜드는 서울도 아니다.) 고3 담임 선생님께 취업계를 낼 수 있는지 여쭤보고 모든 것을 다 준비한 뒤 사전 탐방을 위해 서울에 올라가기 전에 엄마에게 말했다.

"엄마, 나 서울에 가고 싶어. 지금 내 상황으로 대학교 디자인과 가긴 어렵고 학원에서 배워서 취업하는 게 더 빠르대. 다음 주에 서울에 올라가서 아르바이트 면접도 보고, 고시원 계약도 하고, 디자인 학원 테스트도 보고 올 거야. 괜찮아?"

어이가 없다는 듯 너털웃음을 짓는 엄마를 보며 '긍정의 표신 가?' 하며 같이 웃었다. 이미 다 정해 놓고선 허락을 받는 걸 서운해하기도, 걱정하기도 했지만 말리진 않으셨다. 아마 엄마도 완도에서는 하고 싶은 걸 다 못 한다고 생각하셨기 때문일까? 엄마는 "그래. 말은 제주로, 사람은 한양으로 가랬어."라며 내 계획에 이상한 부분은 없는지 이것저것 물어보셨다.
나의 계획은 차질없이 준비되어 갔고 매니저님에게 전화를 걸어 서울에 올라갈 수 있다고 말했다. 매니저님은 전혀 예상 못 했던 듯 조금 놀랐지만 일정을 잡았다. 일정에 맞춰 아르바이트할 곳의 면접도, 고시원 확인도 같은 날짜로 잡아 두었다.

드디어 사전 탐방의 날이다. 금요일 저녁에 출발해 토요일에 돌아오는 일정이었다. 이날을 위해 꼬박꼬박 나가던 주말 아르바이트도 미리 빼 두었다.

사전 탐방 미션

1. 토요일 오전에 아르바이트 면접 보기

2. 그 근처에 고시원 계약하기

3. 마지막으로 디자인 학원 테스트 보기

4. 옷 가게에서 옷 사 입어 보기!

서울은 정말 멀었다. 5시간 동안 푹 자고 일어나니 강남 고속 터미널에 도착해 있었다. 교통 카드의 존재를 몰라서 지하철 타는 데 애를 먹었다. 완도에서는 30분만 걸으면 어디든 갈 수 있었는데…. 나의 목적지는 홍대입구역! 그때의 나는 몰랐다. 금요일 저녁 홍대입구역은 어떤지….

어색하게 교통 카드를 찍고 사람들에게 밀려 개찰구에서 나오자마자 넋을 잃었다. 아니, 그럴 새도 없었다. 지도 앱이 가리키는 방향을 따라 9번 출구로 향했는데 그곳에서는 본 적 없던 인파가 출구로 밀려 나가고 있었다. 캐리어를 질질 끌며, 에스컬레이터도 아닌 계단을 따라 그 꽉 낀 인파를 헤치고 출구를 향해 힘겹게 올라갔다. 건물은 높고 사람은 더럽게 많고 주변은 시끄러웠다.

완도 축제에 장윤정이 왔을 때도 이렇게 사람이 많지는 않았는데. 놀라서인지, 신나서인지는 모르겠지만 심장이 하도 뛰어서 진정하느라 잠시 멈추려고 했지만 그럴 새도 없이 또 밀려 나갔다. 내가 지금 서울에 있다니, 티브이로만 보던 곳을 걷고 있다니!(이걸 읽는 서울 사람들은 오해하지 말아 주세요…. 모든 지방 여고생이 저처럼 서울을 신기해하지 않습니다.)

길에서 옷을 판다는 사실이 너무 기뻤다. 인터넷 쇼핑몰에서만 살 수 있는 예쁜 옷들을 길에 진열하고 팔다니! 심지어 가격도 5천 원, 만 원… 엄청 싸기도 했다.(상경 초반에 '텅장'의 이유 중 하나였다.) 무슨 용기였는지 완도에서는 절대 못 입을 민소매 티셔츠를 하나 사서 숙소를 향해 계속해서 밀려 나갔다.

날은 더 어두워지는데 어째서인지 이 이상한 동네에는 사람이 더 많아져 갔다. 이게 말이 되나 싶을 정도로 사람이 정말 많았다. 그렇게 밀려난 끝에 게스트하우스에 도착했다. 나는 도미토리 방을 예약했다. 낯선 사람을 마주치면 어떻게 인사할지 예행연습도 완도에서 미리 끝마쳤다. 하지만 게스트하우스에서 처음 누군가를 마주쳤을 때 연습한 게 무색하게 나는 말을 더듬으며 인사했고, 심지어 그 사람은 외국인이었다.

뒤이어 방에서 만난 사람은 전주에서 온 언니였는데 그 언니는 새로운 사람을 만나는 게 익숙한 듯 말을 이어 나갔다. 저녁이 아직이면 같이 먹자는 전주 언니의 제안에 신나서 방방 뛰었다. 낯선 사람과 서울에서 첫 식사라니! 먹고 싶은 것 있냐는 언니의 질문에 "완도에 없는 거요."라고 답했다.

우리의 선택은 육쌈냉면이었다. 고깃집에 가야만 먹을 수 있는 냉면을 만 원만 내고 먹을 수 있다는 사실은 내게 컬처 쇼크였다. 속으로 연신 '서울 최고, 문명 최고!'라고 외쳤다. 홍대에는 외국인도 정말 많았다. 완도에서 볼 수 없던 행색, 여러 가지 머리 색에 자신의 개성을 온전히 뽐내는 사람들. 시야에 들어오는 모든 게 내가 더 넓은 세계에 왔음을 알려 주었다. 이걸 보는 서울 사람들은 웃지 마시길 바란다. 내겐 큰 세상이었다! 친절한 전주 언니는 서울에 왔으니 연극이라도 보고 가라고 했다.

5. 혜화에서 연극 보기

사전 탐방에 새로운 미션이 추가되었다. 카페에서 전주 언니와 수다를 떨다 보니 시간이 더 늦어졌다. 이제 그 복잡하던 홍대도 완도의 저녁 8시처럼 사람이 빠지기 시작했다. 그때쯤 우리도 이제 들어가자며 언니와 아쉬운 마무리를 했다. 그렇게 가족들 없이 서울에서의 하룻밤이 지나갔다.

나의 첫 번째 미션은 '아르바이트 면접 보기'였다. 지금 와서 드는 생각이지만 하필 골라도 어쩜 그런 곳을 골랐는지, 당시 내가 알아본 곳은 홍대입구역 9번 출구의 24시 버거킹이었다. 서울 사람들은 내가 거기서 일한다고 하면 "헤엑? 거기 사람 엄청 많잖아!"라며 놀랐다. 그때의 나는 정말 아무것도 몰랐다. 그곳은 늘 알바생이 부족했고, 그것과 상반되게 사람은 많았다. 하지만 나에게 버거킹은 서울에서 살 수 있게 해 준 소중한 직장이었다.

완도에서 쌓아 온 다년간의 아르바이트 경력과 서비스 정신, 그리고 완도에서부터 끌고 올라온 열정으로 무장한 나를 감히 안 뽑고 배기나?(아니, 어쩌면 내가 어떤 모습이었어도 일단 뽑혔을지도 모르겠다.) 예상대로 나는 당당히 출근 허락을 받아 냈다. 첫 번째 미션이 성공적으로 마무리되었다.

뒤이어 버거킹 근처의 고시원을 찾아갔다. 월세는 고3인 나에게 적지 않은 금액이었지만 여성 고시원이라 안전하고, 무려 바깥으로 난 창문과 개인 화장실도 있어 아주 쾌적했다. 이후 다른 고시원도 가 보며 이곳이 진국이었음을 뼈저리게 깨달았던 거지만…. 아무튼 계약금을 걸고 두 번째 미션까지 끝냈다.

이제 내가 이곳에 온 이유, 디자인 학원 테스트가 있었다. 북적거리던 사람들은 다 어디론가 가 버리고 비둘기만 가득한 홍대를 떠나 사뭇 다른 분위기의 이대역에 도착했다. 사실 지하철역 두 정거장은 가까울 것 같아서 걸어가려 했으나 전날 만난 전주 언니가 지하철을 타고 가라고 알려 주었다. 그렇게 걸어서 30~40분 거리를 5분 만에 도착할 수 있었다.

통화만 수차례 했던 매니저님을 실제로 만나게 되었다. 취미 삼아 그린 내 낙서들도 진지하게 함께 봐 주며 수업 과정을 알려 주셨다. 그게 그분의 직업이어서 그랬는지 몰라도 어쩌면 내가 서울에서 알게 된 가장 친절한 어른이었던 것 같다.

매니저님은 정말 완도에서 올라온 거냐며 나를 더 기특하게 봐 주셨다. 상담이 끝나고 학원비와 커리큘럼을 안내받았다. 드디어 디자인을 배운다는 사실이 설렜다. 누군가에겐 단순히 '디자인 학원을 다닌다'는 간단한 일일지 모르지만 내게는 평생 살던 곳을 떠나 넓은 세계에 와서 하고 싶은 일을 배우는 과정이었다.

중요한 미션을 전부 끝내고 홀가분한 마음으로 이제 서울을 즐길 일만 남았다. 전날 산 5천 원짜리 민소매 티셔츠를 꺼냈다. 완도에서는 절대 못 입는 옷, 처음으로 어깨가 드러나는 옷을 입어 본 것이다. 아무도 나를 모른다는 해방감이 나를 들뜨게 하기에 충분했다. 혜화는 지하철로도 꽤 먼 거리였지만 시간은 충분했다.

그나저나 연극 표는 어디서 사지? 영화관과는 너무 다른 문화에 혜화에 도착하고도 한참을 검색만 하고 서 있었다.

"표 사셨어요?"

웬 잘생긴 서울 오빠의 질문에 아직 못 샀다고 답했다. 자기가 극단에서 일하는 사람인데 싸게 사는 방법을 안다며 비싼 티켓을 3만 원에 팔겠다고 했다.

"헉! 인연이 된다면 이 은혜는 꼭 갚겠습니다…."

이런 행운이 내게 일어나다니. 어렵지 않게 연극 티켓을 샀고 잘생긴 오빠는 친절했다. 어쩌면 나 정말 서울 체질인 걸까? 그렇게 보게 된 연극은 정말 재미있었다. 비록 나중에 호객 행위를 당해서 만 원 언저리의 티켓을 3만 원 주고 샀다는 걸 평생 몰랐다면 좋았을 텐데 말이다…. 당시의 나는 아무것도 몰랐기에 사전 탐방을 마치고 홀가분한 마음으로 완도에 내려올 수 있었다.

서울은 눈 뜨고
코 베이는 곳이여!

서울 최고,
문명 최고!

눈 뜨고 코 베어 가는 곳

돌이킬 수 없는 강을 건넜다. 서울에 다녀온 뒤로 하루 종일 서울에서 살 생각뿐이었다. 나만의 방에서, 내 물건만 있는 집에 살며, 하고 싶은 일을 하는 서울의 나. 도시에서 사는 내 모습을 쉬지 않고 상상했다. 지나가다 연예인을 마주치면 어떡하지? 이런저런 망상으로 느리게 흐르는 시간을 견뎌 냈다.

사전 탐방도 끝냈겠다, 이제 담임 선생님과 가족들에게 모든 준비가 끝났다고 말하는 것만 남았다. 담임 선생님이셨던 석봉 쌤에게도 이야기하기 위해 교무실로 찾아갔다.

"선생님! 저 저~번에 말씀드렸던 거요. 준비가 다 끝나서 일주일 뒤에 가도 돼요?"

석봉 쌤은 어이 없어 하며 그렇게 갑자기 말하면 어떡하냐고 하셨다. 다음 주부터 학교 못 나온다고 말하면 다인 줄 아냐며, 중간 과정은 어디 갔냐며, '알겠다'고 하셨다(?).

"이상한 애여, 진짜."

덕담과 함께 '너라면 잘할 거'라고, 순순히 보내 주신 것이다. 석봉 쌤의 인사를 들으니 어쩐지 서울에 간다는 게 실감이 났다. 단짝 친구들에게는 서울에 오면 우리 집에서 재워 줄 테니 언제든 놀러 오라며 으스대기도 했다. (고시원에 친구는 못 데려온다는 사실을 이때는 몰랐다.)

각각 2~3년 정도 일해 왔던 편의점과 빵집에도 작별을 고할 시간이 다가왔다. 오랜 아르바이트 생활로 친구들 사이에서 종종 '알바천국'이라 불리던 나였기에 사장님들과의 작별인사는 조금 더 의미 있었다. 두 사장님 모두 서울에 가서 잘 지내라며 소정의 용돈도 챙겨 주셨다.

"사장님, 제가 성공하면 티브이 나가서 사장님 이름 석 자 꼭 말할게요!"

매일 장난처럼 해 오던 말을 마지막으로 남겼다. 이후 엉뚱한 모습으로 티브이에 나가게 될 줄은 꿈에도 모르고 사장님들과 작별을 고했다.

쉬지 않고 해 온 아르바이트를 그만두다니, 이제 서울에서 돈을 벌다니! 내 정신은 이미 서울에 가 있는 것이 분명했다. 아니, 사전 탐방 때 정신을 서울에 두고 몸만 버스를 탄 게 분명했다.
친인척도 없고, 한 달 전에 가 본 것이 전부인 내게 서울은 너무나 새로운 세계였다. 그렇게까지 경험이 없으면 조금이라도 걱정했을 법한데, 고3 유솔은 그런 건 꿈에도 몰랐다.

신나 있던 나에게 서울은 마냥 따뜻하지는 않았다. 완도에 있는 모든 사람은 나에게 '서울은 가만히 서 있어도 코를 베어 가는 곳이니 조심하고 또 조심하라'고 말했다. 내가 느낀 서울은 놀랍게도 남에게 관심이 없었고, 나만 잘하면 되는 곳이었다.

디자이너로 취업하기 전까지 나를 써 주는 곳이라면 어디서든 열심히 일하며 디자인을 배웠다. 이대역 근처에 디자인 학원이 있었던 터라 아르바이트도 그 근처에서 많이 했다. 최대한 학원에 맞춰 조율해야 했기 때문에 모든 근무 시간은 학원 시간에 맞춰

져 있었다. 처음 아르바이트를 시작한 패스트푸드점부터 이대에 있는 사진관, 카페, 콜센터 등등… 학원 근처에 있다는 이유로, 디자인과 조금 비슷한 일이라는 이유로 여러 가지 아르바이트를 전전했다. 그렇게 디자인을 공부하며 열심히 일하다 보니 늦여름을 지나 벌써 초겨울이 되었다.

한 번쯤 일해 보고 싶던 옷 가게 면접에 합격했고 출근을 하기 시작했다. 평소에 옷 가게에 가면 직원이 쳐다보는 것을 심히 부담스러워하는 사람으로서 옷 가게 일은 마냥 쉽지 않았다.

"필요한 것 있으세요?"
"아, 괜찮아요…."

내 물음에 뒷걸음치는 손님들을 보면 사장님 눈치가 절로 보였다. 아무것도 안 하고 옷만 만지작거릴 순 없었다. 아니나 다를까, 사장님이 좀 더 적극적으로 손님 응대를 하라고 하셨다.

'저도 그러고 싶어요….'

어디까지나 속으로만 엉엉 울면서 생각했다. 일이 끝나면 터덜터

덜 고시원으로 돌아왔다. 월세 좀 아껴 보겠다고 빛 한 줌 들어오지 않는 고시원으로 옮겼더니 어쩐지 더 힘이 없어지는 것 같다. 그러던 어느 날 아빠에게 문자가 왔다.

　수능 날 되니 내 딸 생각이 나는구나 아무튼 열심히 하거라

태어나서 한 번도 이런 말을 한 적 없던 아빠의 메시지였다. 이 아저씨가 무슨 바람이 들어서 이런 메시지를 남겼을까? 우리 아빠는 웃음기 하나 없이 장난을 치는 사람이었는데.

어릴 때 아빠는 사실 내가 아빠의 페인트 가게 2층에 있는 '솔다방' 사장님 딸이고, 아빠 친딸이 아니라는 이야기를 꽤 그럴듯하게 했다. (그래서 내 이름을 유솔이라 지었다는 뭐 그런 이야기.) 그런 장난을 쓸데없이 구체적으로 치는 이상한 사람이다. 아빠의 친한 아저씨들 집에 놀러 갈 때면 '이제는 친아빠 집에 살라'며, 본인은 이제 가겠다고 했다. 아저씨들도 다 똑같은 사람들이어서 모두가 작당해서 사실 자기가 친아빠라면서 엉엉 우는 나를 보고 웃는 이상한 사람들이었다. 장난을 치거나 아님 자고 있거나, 가게에서 아저씨들이랑 바둑을 두거나, 낚시를 가 버리거나. 내가 본 아빠의 모습은 거의 그랬다.

하지만 아빠의 그런 문자가 싫지 않았으니 답장을 남겼다.

　알써요 아부지 감사합니다

어딘가 마음이 뭉클해졌다. 언젠가 아빠의 뒷모습만 봐도 눈물이 나는 때가 온다던데 내게도 그때가 멀지 않은 것 같다는 생각이 들었다. 아빠 덕에 훈훈하게 하루를 마무리하고 힘차게 출근 준비를 했다.

옷 가게 아르바이트 2주 차, 퇴근하고 디자인 학원으로 향했다. 수업 중인데 핸드폰이 울렸다. 엄마였다. 한 번 끊었는데도 계속 전화가 오니 뭔가 이상해서 전화를 받았다.

"엄마, 나 수업 중이야."
"유솔아, 아빠 뇌출혈로 쓰러지셨어. 이따 엄마가 전화하면 바로 기차 타고 광주로 와."

우리 아빠는 몸에 좋은 건 혼자 열심히 드셔서 오래오래 건강히 살 거라고 믿어 의심치 않았다. 그런데 아빠가 쓰러지셨다니, 말도 안 되었다. 우선 옷 가게 사장님께 내일 출근을 못 하겠다고 연락을 했다.

　사장님 저 유솔인데요 아빠가 뇌진탕으로 쓰러지셔서 제가 병원에
　가 봐야 할 것 같아요

사장님께 문자를 보냈다. 정신이 없어서 내가 '뇌출혈'을 '뇌진
탕'으로 잘못 보낸 줄도 모르고 있었다. 아무것도 모른 채 답변을
기다리고 있는데 사장님에게 전화가 왔다.

"유솔아, 뇌진탕으로 쓰러지신 거야? 꼭 네가 가야 하는 거야?"
"엄마가 같이 있으시긴 한데요, 위험하다고 하셔서요."

'왜 이걸 다시 물어보시지?' 싶었지만 사장님은 알겠다고, 연락
주겠다며 전화를 끊었다. 뒤이어 엄마에게 전화가 왔다. 아빠 의
식이 돌아왔고 일단 안 내려와도 될 것 같다고. 지금 주무시니까
내일 전화하겠다고 말했다. 나는 엄마에게 다시 물었다.

"아빠가 뇌진탕으로 쓰러지신 거지?"
"아니. 뇌출혈로 쓰러지신 거지."

두 개의 차이가 크다는 것도 엄마랑 통화하며 알았다. 사장님께 다시 말씀드리려는 찰나 답장이 왔다.

유솔아 내일부터 출근 안 해도 될 것 같아

다시 말해 드릴 필요도 없어졌다. 내가 아빠를 핑계로 거짓말을 친 거라 생각하셨을까? 아님 이번 일을 계기로 일을 못 하던 나를 자르신 걸까? 나는 아빠가 있는 광주에도 갈 일이 없어졌고, 다음 날 출근할 필요도 없어졌다.

그렇게 하루 종일 창문도 없는 고시원 방에서 지금이 낮인지 밤인지도 모른 채로 시간을 보냈다. 걱정 말라는 엄마의 전화를 몇 통이나 더 받고 나서야 정신을 차리고 다시 일할 곳을 찾기 시작했다. 어리바리하게 굴었다가는 어떤 곳에서도 일할 수 없다는 생각에 오히려 마음이 단단해졌다. 일할 자리는 차고 넘쳤고 얼마 안 가 나는 다른 아르바이트를 구했다.

완도 빵집에서
일하던 내가,
이젠 홍대 햄버거집에서
알바를 하다니!

아빠의 문자

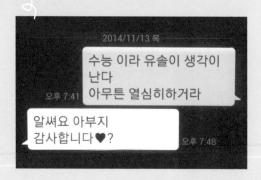

2014/11/13 목

수능 이라 유솔이 생각이
난다
아무튼 열심히하거라

오후 7:41

알쎠요 아부지
감사합니다♥?

오후 7:48

시골 쥐의 도시 적응기

내 집은 이제 서울에 있다. 내가 다니는 직장도, 학원도 전부 서울에 있다는 사실이 새롭고 신기했다. 엊그제까지만 해도 항구를 끼고 등교했는데 지금 나는 수많은 인파를 뚫고 출근 중이다. 티브이나 컴퓨터 화면 속에서만 보던 가게들을 지나서 출근한다. 어쩌면 이러다 정말로 연예인을 마주칠지도 모르겠다. 눈 뜨고 코 베이는 곳이라더니 모두들 뭔가에 쫓기는 사람처럼 뛰거나 빠르게 걷는다.

'엄마, 사람들이 너무 바빠서 내 코 베어 갈 시간도 없겠어….'

출근길에 늘 혼자 생각했다. 놀랍게도 서울에 있는 많은 사람은 서로에게 관심이 없었다. 이 거리에서 신기해하며 주변을 둘러보는 건 오직 나와 여행 온 외국인뿐이었다.

사람들이 서로에게 관심이 없다는 사실은 내게 무엇보다 큰 기쁨으로 다가왔다. 조금이라도 튀는 행동을 하면 내가 누군지 다들 아는 그 좁은 동네에 금방이라도 소문이 날까 봐 걱정돼서 하고 싶은 걸 참거나 입고 싶은 옷을 못 입은 적도 많았다. 아는 사람을 만날지도 몰라서 튀는 행색이나 행동을 하지 못하는 건 완도에서의 이야기다.

나는 지금 서울에 산다. 묘한 해방감에 서울에 왔다는 게 더 실감 났다. 도시 여자로서의 새로운 길을 걷게 된 나는 엄마에게 통보한 대로 다신 내려가지 않을 사람처럼 서울 생활을 만끽했다. 나에게 관심 없는 사람들, 여러 취향으로 가득 진열된 가게들, 티브이에 나온 장소들. 이 모든 게 내게 문명이 뭔지 알려 주었다.

몇 달이 지나 이런 문명에 익숙해진 내 모습도 좋았다. 이젠 동네에 자주 가는 카페도 생겼고, 누군가 길을 물어보면 얼추 대답도 할 수 있었다. 나는 점점 도시 사람으로 거듭나고 있었다. 무엇보다 나는 사투리도 안 쓰는걸(?). 이런 내가 서울 사람이 아닐 리 없었다(?).

"저기요."

서울에 완벽히 적응한 나에게 누군가 또 길을 물어보려는구나.

"2분 정도 되는 짧은 설문 조사 하나 해 주실 수 있을까요? 옆에 있는 이 친구는 신입 사원인데 50명 이상 리서치를 해 오면 정직원이 될 수 있거든요. 추첨을 통해 경품도 드려요."

내 2분을 통해 저 사람이 정직원이 될 수 있다면 기꺼이 할 수 있었다. 아니, 안 할 리 없었다. 아저씨, 힘내세요! 세상이 그렇게 차갑지만은 않아요!

"네, 할게요!"
"감사합니다. 돈, 사랑, 명예, 친구, 가족 중에 우선순위를 순서대로 골라 주실 수 있을까요?"

진지하게 설문 조사에 임한 후 추첨을 통해 경품을 준다기에 내 이름과 연락처까지 적고, 각박한 취업난에 사람 하나 살렸다는 보람찬 마음으로 출근할 수 있었다.
며칠 후 밝은 목소리의 직원이 내게 전화를 걸어 왔다.

"그때 설문 조사 해 주셔서 정말 감사해요! 유술 씨 덕분에 그 친구는 정직원이 됐어요. 30만 원 상당의 심리 검사가 있는데 당첨되셔서 한번 사무실에 방문하셔서 받아 보시면 정말 좋을 것 같아요!"

사람도 살리고, 30만 원 상당의 심리 검사도 받게 되다니 역시 행운은 착한 사람의 몫이다. 사무실은 집에서 20분도 안 되는 거리에 있었다. 퇴근 후에 가기로 약속을 잡았다. 그날따라 퇴근 짐을 챙기는 과정이 더 신났다. 비싼 심리 검사는 뭐가 어떻게 다를까? 이런저런 생각을 하며 걷다 보니 금방 사무실에 도착했다.

사무실은 꽤 특이한 모습이었다. 사무실이라기보다는 공부방에 가깝기도 했고, 실제로 공부방이라고 적혀 있기도 했다. 정직원이 되었다는 그 사원도 함께 있었다. 정직원이 되어서 그런지 더 의젓하게 느껴졌다. 정말 축하해요!

안내를 따라 들어간 방에는 5장의 종이와 책상, 의자만 놓여 있었다. 심리 검사는 30분 동안 종이에 적힌 걸 꼼꼼히 읽고 답하는 것이었다. 이내 설명을 마친 직원들은 나가셨고, 차근히 적기 시작했다. 생각보다 질문이 간단하고 쉬워서 20분도 걸리지 않앉는데, 삼엄한 분위기에 끝났다고 말도 꺼내지 못했다. 울며 겨자 먹기로 아무것도 없는 방 안을 이리저리 둘러보기도 하고 핸드폰도 하다 보니 설명해 줬던 직원이 들어와서 다 끝나셨냐며 종이를 가져갔다. 분석하는 데만 20분이 넘게 걸린다고 했다.

'비싼 검사라 그런지 분석하는 데도 시간이 많이 드는구나.'

장장 20분을 기다리니 결과지를 들고 직원이 돌아왔다.

"저희도 결과를 보고 정말 놀랐습니다…."

놀랐다면서도 이상하리만치 침착한 직원의 말을 시작으로 사실 내가 아인슈타인처럼 세상을 바꿀 성향을 가지고 태어났다는 엄청난 소식을 접하게 되었다. 전 세계에 단 3%만 존재하는 내 성향은 주기적으로 관리해 주지 않으면 그 능력을 쓰지 못하고 일반 사람이 되기 쉬워서 관리를 해 줘야 세상을 바꾸는 일을 할 수 있다고 했다.
직원은 이 천부적인 사람들의 성향을 지키기 위해 본인 회사에서 특별 지원을 해 준다는 말도 덧붙였다.

"이 성향을 지키는 교육은 원래 300만 원짜리 치료인데, 저희가 인재 양성을 위해 200만 원의 금액 보조를 하고 있습니다. 100만 원이 부담하기 큰 금액일 수 있지만 앞으로 할 수 있는 일들을 생각하면 그리 큰돈이 아닙니다."

월급날을 이틀 앞둔 나에게는 3만 원이 있었다. 그도 그렇고 성격 검사만 했는데 내 숨겨진 자질을 어떻게 확인한 건지 터무니없는 결과에 이게 말로만 듣던 '도를 아십니까'였음을 깨달아 버렸다.

"제가 돈이 없는데요….
"유솔 씨 자질이 너무 아까워서 그래요. 30만 원도 없으세요?"

300만 원에서 30만 원이 되다니, 할인율이 어마어마하다. '30만 원도 없으세요?'라는 말이 가슴을 후벼팠지만 나는 오직 빨리 집에 가고 싶다는 생각뿐이었다.

"저 통장에 3만 원 있어요."

월급날에 결제해도 된다는 직원의 제안을 뿌리치고 자리에서 일어났다.

'안녕히 계세요, 여러분. 아인슈타인은 떠납니다….'

집에 가는 길에 엄마에게 전화를 걸어 이런 일이 있었다고 말하니 겁도 없이 따라가냐며 귀가 아프게 혼이 났다. 서울을 충분히 겪었다고 생각한 건 나의 착각이었다.

처음 맛본 서울의 쓴맛은 얼얼했다. 이번 일을 계기로 나는 길에서 초점 없는 눈으로 말을 거는 사람들의 질문에는 대답하지 않게 되었다. 그렇게 나는 진정한 서울 사람으로 거듭나고 있었다.

엄마,
사람들이 내 코 베어 갈
시간도 없겠어…

서울에서의 봄

서울의 야경이 되어 버린 나

도를 아십니까 사무실에 들락거리던 나는 이제 호락호락하지 않은 서울 사람이 되었다. 필요 없는 전단지는 끝까지 받지 않는 것도,(죄송해요, 아주머니들.) 지하철에서 무슨무슨 회원권을 끊으면 멋진 연극을 무료로 볼 수 있다는 제안을 거절하는 것도, 출근길 버스에 내 몸을 구겨 넣는 방법도, 핸드폰을 쥔 손을 높이 올린 채로 지하철에 타지 않으면 꽉 찬 사람들 사이에서 영영 핸드폰을 볼 수 없어 출근길이 고통스럽다는 사실도 모두 다 깨달아 버린 나는 진정한 서울 사람이다.

그렇게 서울 생활에 익숙해질 즈음 나는 갈고닦은 포트폴리오로 한 중소기업에 입사했다. 회사에서 내내 디자인을 하고 틈틈이 개인 작업물도 쌓았다. 내일은 더 좋은 회사에 가게 되거나 여기서 승진할지도 모르니까. 면접 때 본 쌀쌀맞은 인상의 과장님과 죽이 척척 맞는 듀오가 되기도 했다. 업무 멘트에도 제법 익숙해져서 메일 끝에 항상 '감사합니다'를 붙이는 버릇이 생겼다.

'고맙긴 뭐가 고맙냐, 내가 일해 주는 건데.'

여느 직장인처럼 월요일이 싫고, 지하철에서 쏟아지는 인파에 섞여서 출근했다. 탕비실에 새로운 간식거리가 생기기만을 기다렸다. 회사는 성장해야 했기에 나는 디자이너로 취직했지만 CS 업무도 함께 봐야 했다. 하루 종일 아무것도 디자인하지 못한 날도 있었다. 그래도 기뻤다. 나는 디자이너니까. 그러다가 어떤 날은 말도 안 되는 양의 디자인을 쏟아내듯 만들었다. 익숙하게 프로그램을 다루고 기계처럼 결과물을 찍어 내기도 했다.

가끔 '이게 맞나?' 싶은 마음에 디자인 학원에서 알게 된 다른 디자이너 언니들을 만나 한풀이를 하다 보면 디자이너가 다른 일을 겸업하는 건 중소기업에서는 자주 있는 일이라고 했다. 그러다가 언니가 얘기한다.

"유솔이 서울에 올라온 지 얼마 안 돼서 두리번거린 게 엊그제

같은데."

그런 얘기를 듣다 보면 그토록 꿈꾸던 디자이너가 되었고 이제 성장할 일만 남았는데 뭐가 그리 조급한가, 하면서 스스로를 위로하기도 했다. 연차가 쌓일수록 조금씩 성장하는 작업물을 보면 언젠가 더 큰 회사에 다니고 있을 내 모습이 훤히 그려졌다.

오늘도 반짝반짝 빛나는 야경을 만드는 나와 과장님. 역시 야근 중이다. 반짝반짝 빛나는 사람이 되고 싶다더니 서울의 야경이 되었다. 야경이 좋은 게 아니라는 이야기를 나누면서 과장님과 실없이 웃었다. 과장님도 나도 마냥 웃기지만은 않았다.
과장님과는 완도 이야기를 정말 많이 했다. 과장님은 완도에서 아무 연고도 없는 여기까지 올라온 내가 기특하다며 예뻐해 주셨다. 나 역시 서울에서 이렇게 가깝게 지낸 어른은 처음이었기에 과장님을 유독 잘 따랐던 것 같다.

내가 열심히 하는 것과 정반대로 회사 상황은 점점 안 좋아졌다. 나와 과장님이 야근하는 날은 잦아지는데 왜인지 회사는 나아질 기미가 보이지 않았다.
과장님과 나는 서로 빨리 도망치자며 장난을 쳤는데, 그 상황이

코앞으로 다가왔다. 정든 과장님과 작별인사를 하고 나는 다른 회사를 찾아 떠났다. 그동안 만들어 온 작업물로 외주도 받고, 더 다양한 일들을 찾았다.

경력이 쌓이니 이제 디자인만 해도 되는 회사에 다닐 수 있었다. 막연하게 서울로 올라와서 더 힘들었지만 그 과정은 내가 성장했음을 알려 주었다. 이력서에 한 줄 두 줄 채워질 때마다 더 높은 곳으로 올라가는 상상을 했다. 큰 회사에서 사수가 된 내 모습, 연봉을 많이 받는 내 모습, 멋진 디자이너 동료들과 하하 호호 웃는 내 모습을 상상하다가 지하철에서 내린다.

더 멋진 디자이너가 되기 위해서 밤낮 없이 일했다. 스타트업 회사에서 일할 때는 마감에 쫓겨서 며칠 밤을 새기도 했지만 시도해 보지 못했던 다양한 디자인도 할 수 있었다. 이렇게 열심히 일하다 보면 더 좋은 회사에 갈 수 있을 거라 생각하면서.

그런데 언제부터 더 멋진 회사에 가는 게 내 꿈이었을까? 성공해서 티브이에 나가 고등학교 때 일했던 빵집 사장님 성함을 말하려면 회사에서 일하는 걸로는 부족할 텐데. 이번 달 생활비를 걱정하는 판국에 내 회사를 갖는다는 건 아주 먼 미래 이야기 같았다. 다시 생각해 보니 그건 내 이야기가 아니었다. 오히려 지금까지 몰랐던 내가 바보같이 느껴졌다. 아니, 바보였다.

서울에 사는 친구들은 당장 집 앞에 있는 컴퓨터 학원에만 가도 디자인을 배울 수 있다. 학원 정규 과정이 끝날 때마다 백 명이 넘는 디자이너가 사회로 쏟아진다. 시골에는 그런 게 없으니 아무것도 모르던 나는 큰 기대에 부풀어 상경했다. 누구에게는 학원만 가면 시작할 수 있는 일이 나한테는 큰맘 먹고 상경까지 해야 했던 일이었다니, 그땐 스스로가 한심하기 짝이 없었다.

잔뜩 부풀었던 내 꼴이 우스웠지만 하고 싶던 일이었으니 그 사실을 인정하고 더 멋진 회사에 가기 위해 노력하는 수밖에 없었다. 그렇게 살다 보면 시간은 흐르고 운이 좋으면 내 회사를 가질 수도 있겠지, 생각하면서 출퇴근을 이어 나갔다. 마감이 가까워지면 늘 야근을 했고, 가고 싶은 곳을 스크랩해 두었지만 주말이 되면 그 기분을 잊고 집 밖으로 나오지 않기 일쑤였다.

친동생 유진이도 취업하기 위해 도시로 올라와 함께 경기도에서 살게 되었다. 자매가 쌍으로 주말마다 집에 갇혀 아무 데도 가지 않고 배달 음식을 시켜 먹었다. 서울 나들이는 가도 그만, 안 가도 그만이었다.

지하철에서 우르르 쏟아져서 출근, 사람들 사이에 끼어서 퇴근하기를 반복하다 보니 벌써 서울에서 맞는 네 번째 여름. 이력서에서 본 완도를 잊지도 않고 잊을 만하면 나를 놀리던 회사 사람들이 여름의 완도는 어떠냐고 물었다.

"완도요? 볼 것도 없어요. 그냥 산과 바다, 양식장이 끝이에요."
"서울에서 얼마나 걸려?"
"버스로 가면 5시간 넘어요. 추석 때 잘못 걸리면 9시간 도로 위에 갇힐 때도 있어요."
"그 정도면 해외 아니야?"

'그래서 저도 잘 안 가요'라는 말을 속으로 삼켰다. 답답한 시골에서 도망쳐 온 나에게는 완도에 대한 애정도, 긍정적인 이미지도 없었다. 있는 건 산과 바다, 양식장뿐인 동네. 한 다리 건너면 서로를 다 아는 좁은 동네. 그게 바로 완도니까.
좋은 말을 해 줄 수가 없었다. 아무리 좋다 한들 거기까지 가려면 반나절이 걸리는데, 쉽사리 좋다고 추천할 수도 없었다. 완도 보길도처럼 유배로 가는 곳이니까.

"나 전에 큰맘 먹고 완도 여행 가 봤는데 정말 좋더라. 가는 데 너무 오래 걸렸지만 나쁘지 않았어. 음식도 정말 맛있고."

"좋은 데 많은데 왜 거길 가셨어요?"

"난 완도 좋던데."

한 명이 그런 얘길 하기 시작하니 덩달아 주변 사람들도 언젠가 가 보고 싶다는 말을 꺼냈다. 다들 그렇게 먼 곳이 왜 궁금할까? 바다가 그 정도로 좋은가? 그렇게 바다가 보고 싶으면 제주도에 가면 되지 않나? 완도에 왜 가고 싶은 걸까? 대체 왜?

도무지 이해가 안 됐다. 집에 돌아와서도 대체 왜 가고 싶은 거지, 중얼거렸다. 그러다가 나도 여름휴가를 가긴 가야 하는데, 생각했다. 그러다 문득 깨닫는다. 완도도 관광지인데 나는 한 번도 그렇게 생각해 본 적이 없었다. 그 이상한 동네로 나도 한번 놀러 가 봐야겠다.

도시에 온 유진

반짝반짝 빛나는 사람이 되고 싶다더니
서울의 야경이 되었다

눌러앉을 구실, 사진관의 시작

버스로 5시간, 아니 정확히 따지면 더 걸렸다. 내가 살던 안산에서 고속터미널역까지 한 시간 거리니까 6시간 넘게 달려서 완도에 내려갔다. 정말 일본이 더 가깝겠다. 오랜만에 도착한 완도는 많은 게 변해 있었다. 새로운 치킨집도 많이 생겼고, 못 보던 카페들도 조금 생겼다.

그래도 완도는 완도였다. 완도에 볼 것이라곤 내 친구들뿐. 친구들에게 연락해서 다음 날 저녁 약속을 잡았다.

우선 완도에 내려왔는데 완도에서 놀려면 어떻게 해야 하는 건지 모르겠다. 첫날은 집에서 잠이나 자고 푹 쉬었다. 그렇게 둘째 날이 밝았다. 무슨 바람이 들었는지 가족들이 함께 구계등에 가자고 해서 완도 여행을 시작할 수 있었다.

초등학생 때 늘 체험 학습으로 오던 곳, 사람이 너무 많이 찾는 바람에 환경이 오염되어서 한동안 방문객 출입을 금했지만 지금은 드나들 수 있게 된 몽돌해변.

다시 온 구계등에는 푸릇한 숲이 만들어져 있었다. 어쩌면 사람이 빽빽한 제주 바다보다도 더 아름다울지도 모른다는 생각을 해 버렸다.(저 제주도 좋아해요.) 파도가 몽돌에 부딪치며 내는 소리, 가득한 나무 향, 바다의 햇볕은 서울에 있는 4년간 듣지도, 보지도 못했던 것이었다.

'왜 이렇게 좋을까? 변한 게 있나?'

구계등에서 변한 거라곤 조금 울창해진 숲뿐이었다. 그밖의 다른 것들은 시간이 조금 지났지만 그대로였다. 그럼 달라진 건 뭘까? 달라진 건 오직 나였다. 떠나고 싶다는 이유로 완도를 안 좋게 추억하고 있어서 정작 이런 아름다운 모습들을 놓치고 있었던 거다. 내가 완도를 싫어했던 이유는 딱 하나였다.

'좋아할 만한 게 없어서.'

사람들을 따라서 예쁜 바다에 놀러 가도 사람들이 예쁘다고 하는 풍경에 큰 감흥을 못 느껴 왔는데 이제야 그 이유를 알게 되었다. 평생 이 바다가 예쁜 줄도 모르고 살아서 다른 바다도 그렇게 예쁜 줄 몰랐던 것이었다고. 막연히 완도에 내려와 사는 상상을 해봤다.

'모두 나에게 실패해서 내려왔냐고 하겠지?'

쓸데없는 상상을 많이 하는 나지만 이상하게 오늘 상상은 빨리 끝맺었다. 아무리 상상일지라도 실패자라는 이야기를 듣는 건 즐겁지 않으니. 어딘가 찜찜한 기분으로 친구들을 만났다. 오랜만에 만나는 친구들과 서로 근황 얘기를 나눴다.

"나 이번에 해남까지 가서 사진 찍었잖아. 광주에 갔을 때 찍을걸."

완도에는 사진관이 하나밖에 없는데, 할아버지가 운영하시는 사진관이어서 사장님과 우리의 미의 기준은 많이 달랐다. 한번 촬영하면 달덩이처럼 나오는 탓에 시간 여유가 있을 때 다들 광주나 목포, 해남까지 가서 사진을 찍고 왔는데 그게 아니면 완도에서 사진을 찍고 이번에는 부디 잘 나오길 비는 수밖에 없었다. 늘 그렇듯 오지랖이 발동한 나는 친구들에게 말했다.

"나 증명사진 찍을 줄 알잖아. 내 카메라로 찍어 줄게!"

최근에 급한 대로 엄마 증명사진을 찍어 주기도 해서 자신 있게 친구들에게 사진을 찍어 주겠다고 말했다.

"너 같은 애가 완도 와서 사진관 열어 줬으면 좋겠다."

나 역시 서울에 올라가서 제일 먼저 한 일은 동네 사진관에서 보정한 예쁜 증명사진으로 주민등록증을 바꾸는 거였다. 진짜 그러면 좋겠다고 말하는 친구들과 웃으며 이야기를 넘겼지만 집에 돌아와서도 이상하게 머릿속을 맴돌았다.

'진짜 내가 할 수 있을 것 같은데.'

고민 없이 서울로 떠났던 그때처럼 완도로 내려올 생각에 신나서 상상의 나래를 펼쳤다. 죽어도 완도로는 돌아오지 않겠다던 생각은 이미 집어치운 지 오래였다. 제주만큼 예쁜 이 완도가 내 고향이라는 사실이 새삼스레 반가웠고, 무엇보다 실패해서 돌아온 것이 아니라 내 일을 하러 내려간다는 사실이 기뻤다. 자려고 누운 엄마에게 넌지시 말했다.

"엄마 나 완도에서 사진관 하면 어때?"
"뭔 소리야, 또."

이 글을 읽는 여러분도 이쯤 되면 눈치채셨겠지만 나는 하고 싶은 것이 있으면 모든 결정을 다 내려 놓고 의견을 구하는 척 물어본다. 물론 하지 말라고 해도 했을 것이다. 엄마는 완도에 내려오는 것이 얼마나 무모한 선택인지 길게 말씀하셨지만 기억이 나지 않을 정도로 내 귀에 들어오지 않았다. (대충 서울까지 고생해서 가놓고 왜 내려오려고 하냐는 내용이었던 것 같다. 엄마 미안.)

한번 하고 싶다는 생각이 들어 버리니 가만히 있을 수가 없었다. 이제 서울에서의 경험도 생긴 나는 지식인에서 디자인 학원을 찾던 고3의 내가 아니다. 훨씬 수월하게 사진 학원을 찾았고 꼼꼼히 골라 맘에 드는 곳에 문의 전화를 걸었다. 학원에 방문해 설명을 들어 보라는 이야기를 듣고 바로 다음 날 서울로 올라가는 버스표를 끊었다.

그렇게 불효녀는 다시 서울로 향하는 버스에 올랐고, 돌아간 그 다음 날 사진 학원 수강권을 끊어 버린다. 그렇게 완도에 다시 내려가기 위한 서울에서의 새로운 여정이 시작되었다. 사진관을 하게 된 것이 어쩌면 운명이었을까? 학원 첫 수업에 가기도 전에 가게 이름부터 번뜩 생각났다.

'부드러울 유'에 '거느릴 솔'. 엄마가 직접 지어 주신 이 예쁜 이름을 가게 이름에 넣고 싶은데, '유솔 사진관'은 아무리 생각해도 내키지 않았다. 이름처럼 짧게 지으면 어떨까? 솔진관. 그렇게 오픈 2년 전부터 이름을 먼저 정해 두었다. 사진 학원에서 자기소개를 할 때마다 이렇게 말했다.

"완도에 내려가서 사진관을 운영할 거예요. 가게 이름은 '솔진관'입니다!"

그렇게 서울과의 작별을 준비하기 시작했다.

구계등 바다

바닷가 마을이
예쁘게 보이는 장도

솔진관, 문 열었습니다

이제 모든 준비가 끝났다. 사진관을 해야겠다는 마음을 먹고 다음 날 사진 학원에 등록한 지 벌써 1년 반. 사진 학원 과정도 끝을 향해 달려가고 있었다. 처음 서울로 떠난 그때처럼 이번에는 서울에 작별인사를 해야 했다.

서울로 떠난 날

1. 알바 그만두기
2. 주변 사람에게 전하기
3. 직장, 거처 등 모든 것 준비하기

완도로 떠나는 날

1. 회사 그만두기

2. 주변 사람에게 전하기

3. 가게 임대, 사업자 등록 등 준비하기

추진력 하나는 변함이 없다. 나는 내가 가고 싶은 곳을 향해 다시 발걸음을 옮긴다. 회사를 그만두면서 같이 일하던 직장 동료이자 내가 아는 제일 멋진 서울 사람인 효정 언니에게도 완도로 떠나 겠다고 말했다.

"아이고, 유솔아! 완도 가면 코 안 베어 갈 것 같아? 아는 사람이 더 무섭다! 정말 걱정이다."

훗날 힘든 일이 있을 때마다 언니의 말이 두고두고 생각나리라 고… 그때의 나는 몰랐다. 눈 뜬 채로도 코를 베어 간다던 서울 사람들은 코를 베어 가기는커녕 나에게 눈길조차 주지 않았다. '완도 소녀 어떡하냐'며 날 이토록 걱정해 주는 효정 언니에겐 고 마웠지만 그래도 내 고향인데 누가 내 코를 베어 가겠냐며 룰루 랄라 내려갈 생각뿐이었다.

며칠 지나지 않아 나는 효정 언니 덕에 첫 사진 일을 할 수 있었 다. 효정 언니가 면접용 사진을 찍어 줄 수 있겠냐고 제안한 것이다. 사진작가로서 나의 첫 작업이 시작된 것이다. 찍히는 사람보다 더 떨면서 촬영을 준비했다.

사진관에 가면 웃어 보라는 둥 고개를 조금 돌려 보라는 둥 촬영하는 작가의 의도대로 모델이 움직이기 마련인데 잔뜩 긴장한 나는 오히려 모델인 효정 언니에게 칭찬과 격려를 받으며 사진을 찍었다.

사진이 맘에 든다고, 너무 잘 찍는다는 언니의 말이 위안이 되자 초조한 마음이 조금씩 진정되어 사진을 찍어 나갈 수 있었다. 능숙한 효정 언니 덕에 결과물도 제법 만족스럽게 나왔다.

이제 촬영 준비까지도 끝났다. 가게 자리를 찾기 위해 이번에는 완도로 사전 답사를 떠났다. 어느 동네에서 가게를 할까? 어디에 문을 열까? 몇 푼 안 되는 돈을 갖고 완도에 내려갔다. 완도에서 내 가게를 운영한다니, 어쩐지 완도가 더 낯설게 느껴졌다.

사진관을 열겠다고 완도에 내려온 첫날부터 엄마는 불만스러운 얼굴이었다. 인생에서 이렇게 중요한 걸 매번 통보하니 기가 막힐 노릇인데, 그렇게 떠났던 딸이 다시 완도에 온다니. 심지어 요새 잘 안 된다는 사진관을 열겠다니. 엄마 입장에서는 자식이 눈에 안 보여도 걱정인데 눈에 보여서 더 걱정인 상황이었다.

"아휴, 사진관이 잘되겠냐고…."
"몰라, 몰라~"

내 대꾸에 엄마는 입이 아프다면서도 굳이 반대하지는 않으셨다. 그렇게 용감하게 여기저기 건물을 알아보기 시작했다.

완도에서는 집이나 가게를 구할 때 부동산을 찾기보다도 〈완도타임스〉라는 신문을 본다. 완도의 임대 거래 90%는 전부 여기서 이루어진다고 보면 된다. 부동산에서는 거의 밭만 매입하는 수준이었다. 월세 건물은 부동산보다도 개인 거래 또는 신문을 통해 더욱 활발히 이루어진다. 특이한 완도만의 방식 덕에 신문을 보고, 가기 전에 집주인에게 전화를 걸어 금액을 물어보거나 위치를 파악하기 쉬웠다.

  1. 상권은 엄청나게 좋지만 터무니없이 비싼 곳

이름부터 섬인 나의 고향 완도는 집값이 너무 비싸다. 완도에서 가장 상권이 활성화된 곳은 완도터미널 근처인데 아무래도 장사가 잘되려면 여기로 가야겠다고 생각하고 시세를 알아봤다가 깜짝 놀라 포기했다.

"7평인데 보증금 2000에 월세 70…?"

지금 살고 있는 집도 이 정도는 아니었는데 도무지 말도 안 됐다. 이 동네 근처로는 꿈도 꾸지 않으리.

   2. 새 건물, 넓은 크기, 완벽한 조건, 그에 걸맞은 가격, 부족한 총알

터미널 근처를 벗어나니 넓고 깔끔한 건물은 차고 넘쳤다. 하지만 조건이 좋은 만큼 가격도 호락호락하지 않았다. 고등학교 때 완도를 떠났으니 시세를 알 리가 만무했고, 나는 아무것도 몰랐기에 '시골이니까 임대료가 쌀 것이다' 하는 어수룩한 생각으로 완도에 내려오겠다고 생각했다.

이 건물 저 건물을 보고 기운이 다 빠져 버린 채 수확을 얻지 못하고 다시 올라가는 수밖에 없었다. 다시 서울에서 지내던 중, 과거에 로고 디자인을 의뢰했던 클라이언트가 완도에서 독립 서점 겸 카테일 바를 운영하고 있다는 소식을 접했다.

내 친구들은 이미 단골이 되어 있었다. 나도 잠깐의 완도 일정에 방문해서 이제는 '완도살롱'의 사장님이 된 종인 사장님을 뵐 수 있었다. 종인 사장님에게 사진관을 열 예정이라고 이야기했다. 그러자 '상권은 좀 그렇지만 이 동네로 오면 좋겠다'고 응원을 해 주셨다.

"유솔 씨, 완도살롱 2층에 월세가 나왔는데 한번 볼래요?"

사장님이 연락을 해 왔다. 당장은 내려갈 수 없으니 사진을 찍어 달라고 부탁드렸다. 원래 교회로 쓰던 곳인데 40평이 넘는 공간에 오래된 정취가 느껴지는 게 두 번 세 번 봐도 내 운명이었다. 무엇보다… 아주 메리트 있는 가격으로 형성되어 있어 거절할 수 없었다.
직접 보지도 않고 계약하려던 스스로를 겨우 진정시켜 내려가서 계약하겠다고 했다. 그리고 다시 완도에 내려가서 가게를 보게 되었다.

교회가 있기 이전에 유명한 속셈 학원이 있었다. 초등학교 때 친구들이 다닌다는 이야기를 들은 적 있는 학원. 따로 지우거나 가려 놓지 않아서 한쪽 벽면에는 낯익은 이름들이 적힌 낙서도 남아 있었다. 사진관을 하기 위해선 손을 많이 대야 하겠지만 가격을 떠나서도 이 공간이 정말 좋았다.

한때는 '완도의 명동 거리'라 불리던 구도심에, 아래층에는 든든한 이웃까지 있고, 마다할 이유가 없었다.

"당장 계약하겠습니다!"

계약을 했다고 위치를 알려 주니 우리 엄마 황 여사의 미간에 근심 걱정이 한가득 쌓였다. 사람도 잘 다니지 않은 동네에, 더군다나 건물 2층에 사진관을 차린다니 아무래도 얘가 아무것도 모르고 장사를 시작한다며 또 한가득 걱정을 늘어 놓으셨다.

그래도 황 여사는 말리지 않으셨다. 말리지 않은 것만으로도 최고의 응원이라 생각하며 계약까지 끝마친 나는 집에 와서 '사업자 등록하는 방법'을 검색해 보았다. 정보의 샘에서 나에게 딱 맞는 정보를 찾아내 어렵지 않게 사업자 등록부터 통장 만들기까지 수월하게 마칠 수 있었다.

이제 하나씩 필요한 것들을 채워 나가고 가게를 만들 타이밍이다. 촬영에 필요한 장비들도 사고 가게 리모델링 계획을 세웠다.

서울에서 디자인 일을 했던 덕에 간판 디자인부터 창업에 필요한 각종 디자인은 문제 없이 내가 만들어 낼 수 있었다.

'프로 넝마꾼' 기질이 있는 나는 길에서 괜찮은 가구가 보이면 죄다 주워 왔다. 나름의 신조도 있다. '주인이 누구인지 모르는 가구는 주워 오지 않는다.' 그렇게 주인을 알고 있기만 하면 쓸 만한 가구들을 죄다 주워 왔다. 큰돈이 들지 않는 취향 덕에 사진관 가구도 무사히 마련했다.

나는 돈은 없지만 엄마와 여동생, 그리고 친구들이 있었다. (미안.) 못난 딸, 못난 언니를 둔 죄로 그녀들은 손에 붓을 쥐었다. 그렇게 몇 날 며칠 고단한 페인트칠이 시작되었다. 어느 날은 친구들을 잔뜩 불러다 바닥을 같이 깔자며 꼬시기도 했다. 맛있는 음식을 미끼로 사람들을 유혹해서 고생을 잔뜩 시키고 한 끼 대접하는 것으로 화를 달랬다.

주변의 많은 사람들 도움을 받아 오픈 준비를 할 수 있었다. 심지어 동생의 고등학교 시절 친구까지 불러서 일을 시켰다. (기태야, 정말 고마웠어.) 천천히 오픈하려고 했는데 주변 사람들의 도움으로 19년도 2월에 완도에 내려와 3개월 만에 모든 준비를 마치고 초고속으로 가게를 열었다.

가게 오픈 준비를 도와준 친구들도 찾아와 축하해 주었고, 내가 사랑하는 가족들, 우리 할아버지, 할머니까지 모두 가게에 방문해 축하를 남겨 주었다. 그렇게 오픈 첫날, 서울에서 찍은 효정 언니 사진을 시작으로 내가 사랑하는 사람들의 사진으로 가득 채운 벽을 꾸몄다.

이 가득한 사랑을 언젠가 꼭 보답해야지, 내가 사랑하는 사람들과 건강하고 행복한 시간을 보내야지. 사랑이 가득한 솔진관이 2019년 5월 1일 문을 열었다.

사진관 이름은
'솔진관'입니다!

취향 가득 담은 사진관,
추억을 담아드립니다!

사진관으로
변신 중

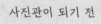
사진관이 되기 전

어서 오세요,
솔진관입니다!

Part 2

제가
이장이라구요?

오지랖 가득한 사진관 언니

우리 가게에는 어르신들부터 돌도 안 된 아기까지 정말 다양한 연령대의 사람들이 왔다. 특히 젊은 언니가 운영한다는 이유로 완도에 있는 여중생, 여고생들이 많이 방문했는데 이런 손님들을 보자니 내 학창 시절이 오버랩 되었다. 할아버지가 운영하시는 사진관에 몇백 명이 한날한시에 몰려가서 사진을 찍고, 얼굴이 달덩이처럼 나온 사진을 보며 크게 실망하기를 새학기가 시작되는 3월마다 반복했다.

사진관을 오픈한 데도 이런 이유가 컸다. 완도에 내려오고 싶은 마음도 컸지만 나 같은 여고생이 더 이상 없길 바라는 마음에 사진관을 오픈했다. 그건 내가 할 수 있는 거니까.
그래서 여학생들이 오면 나도 모르게 더 예쁘게 남겨 주고 싶었다. 언니를 둔 친구들 보면 항상 언니가 옷도 골라 주고 머리도 해 주고(언니 없어서 모름) 그러지 않는가! 내가 완도 여학생들의 언니가 되어 줘야겠다고 생각했다.

나의 가장 큰 재능은 바로 오지랖이다. 처음부터 내 재능을 알고 있던 건 아니고, 사진관 일을 하면서 깨닫게 되었다. 나부터도 그랬지만 증명사진이라고 하면 본인 기준 예쁜 옷을 차려입고 머리도 멋있게 하고, 화장도 하고서 사진을 찍는 것이 아닌가?

사진관에 여중생 두 명이 방문했다. 자기들끼리는 잘 이야기하면서 내가 말을 걸면 목소리가 급격히 작아졌다. 학생증 사진을 찍으러 왔다던 그 친구들은 가볍게 화장을 했지만 어째서인지 앞머리가 눈을 가리고 있었다.

"가게 안에 고데기도 있고, 헤어 롤도 있어요. 준비하시고 말씀해 주세요."

'우리 가게엔 고데기도 있어!' 마음속으로 외쳤다. 내 기대와는 달리 그 친구들은 열심히 앞머리 빗질만 하고 촬영실로 들어왔다. 이게 이 친구들의 스타일인 걸까. 한두 컷 촬영을 해 봐도 반쯤 가려진 눈이 신경 쓰여서 가만히 있을 수 없었다.

"진짜 미안한데 혹시 앞머리 잘라 보는 건 어때요? 저 진짜 잘 잘라요."

친동생 앞머리로 수년 실험을 해 왔던 터라 앞머리 자르는 건 자신 있었다. 그 학생들은 당황하는 듯했지만 곧 앞머리를 허락했다. 언니 경력으로 빛나는 나의 앞머리 자르기 실력. 능숙하게 종이를 얼굴 밑에 받치고 앞머리를 잘라 줬다. 고데기까지 싹 말아 주고 나서 나는 만족스럽게 사진을 찍을 수 있었다. 같이 온 친구도 예쁘다며 호들갑을 떨었다.
'그럼. 누가 잘랐는데!'
친언니 경력이 빛을 발할 때가 올 줄이야. 그동안 무참히 잘려 나간 동생 유진이의 앞머리가 유의미해지는 순간이었다. 이 영광을 김유진에게 돌립니다.

그런데… 소문이 잘못 나기라도 한 걸까? 이후로 가게에 이상한 문의가 오기도 했다. 한 남학생의 전화였다.

"기면 머리도 해 주시나요?"

"여기 사진관인데요."

"친구가 머리도 해 준다고 해서요."

"잘못 들으신 것 같아요."

"해 주시면 안 되나요?"

나는 언니 경력은 있지만 누나 경력은 없어서 아무래도 남자 머리는 잘할 자신이 없었다. '해 주시면 안 되나요'라는 말에 기가 찼다. 누군지 오기만 해 봐라.

마침내 해 주시면 안 되나요 남학생이 가게로 왔다. 여권 사진을 찍으려는데 앞머리가 너무 길어서 눈썹이 안 보이는 상황이었고 물로 넘기는 건 너무 싫다며, 가르마를 멋있게 내고 싶은데 그게 어렵다고 했다.

"그게 어려우면… 머리를 자르고 오셨어야죠….."

"제가 짧은 머리가 안 어울려서….."

망쳐도 난 모른다고 경고했다. 남학생은 자기가 하는 것보단 나을 거라면서 자리에 앉았다. 나는 투덜대며 왁스 칠을 했다. 적당히 눈썹이 보일 정도로 머리를 이리저리 만지고 나니 드디어 눈썹이 다 드러나 보였다.

'아니, 꽤 괜찮은데?'

오지랖에 재능까지 겸비하면 곤란한데 머리를 꽤 멋있게 해내 버렸다. 안 되나요 남학생은 아주 만족스러운 표정이었다. 그렇게 꽤 기쁜 얼굴로 사진을 받아 간 남학생에게 '사진관에서 머리를 해 준다'는 그 소문은 꼭 정정해 달라고 신신당부했다.

그렇게 그 남학생의 친구들이 더 찾아왔다. 소문이 정정되기는 커녕 자기들도 머리를 해 달라며 찾아온 남학생들이 화장대 앞에 앉았다. 이후로도 머리를 해 달라는 남학생 손님들은 꾸준히 찾아왔다. 하지만 내게 남동생은 없었던 탓에 결국 한두 명의 머리를 망쳤고, 그러고 나서야 머리를 하러 오는 손님은 없어졌다.

본인 맘에 쏙 드는 증명사진을 들려 보낼 때마다 사진관을 열길 잘했다는 생각이 들었다. 오지랖을 맘껏 부려도 되는 직업이라니, 행복했다. 호호 할머니가 되어서도 어떻게 하면 사진이 예쁘게 나올지 수다 떨며 보정하면 행복하겠다. 할머니가 되어서도 '사진관 언니' 호칭을 고집하는 내 모습을 상상하며 곱씹었다.

'사진관 언니 하길 참 잘했다!'

솔진관

사진관 언니 하길
참 잘했다!

못 할 이유는 없으니까, 이장

어느 날 가게 앞 빈집이 공사를 시작했다. 건물에 대체 뭘 하는 걸까? 사진관이 있는 동네의 오래된 정취를 보여 주던 건물이었는데, 어떻게 되려나 궁금해하던 차에 간판이 붙었다.

"도시 재생 센터…가 뭐야?"

도시 재생 센터라니, 일단 나와 상관없는 곳임은 확실했다. 나는 그냥 이 동네에서 사진관을 운영하는 사장일 뿐인걸. 몇몇 직원들이 들락거리는 것만 보고 기관이 들어왔구나, 생각하고 말았다. 하던 일이나 마저 해야지. 가게 정리나 마저 했다.

가게를 닫고 나와 친구들하고 놀려고 했는데, 그날은 친구들도 전부 일이 있다고 해서 외톨이가 되었다. 남아 있는 친구들마저도 자꾸 완도를 떠나려고 하고 있으니, '어떻게 해야 완도에서 재미있게 놀 수 있을까'가 그즈음 나의 최고 관심사였다.

그러다가 1층 완도살롱 종인 사장님이 우리끼리 플리 마켓을 열어 보자고 말했다. 아무나 보따리 장사를 할 수 있게끔 해 보자고 했고 공간이 넓은 사진관에서 하는 게 어떻겠냐고 제안했다. 그렇게 '이도저도마케트'가 시작되었다.

간이 책상을 사서 테이블보를 씌우고, 친구들과 이웃들을 그러모아 작은 플리 마켓을 열었다. 우리의 기대와는 달리 사람들이 많이 찾아 주지는 않았지만…. 완도에서 이런 행사를 운영할 수 있다는 사실만으로 그저 신기하고 재미있었다.

그렇게 종인 사장님의 제안으로 여러 프로그램에 참여하게 되었다. 도시 재생 센터에서 운영하는 도시 재생 대학도 다녔는데, 이후로 솔진관이 위치한 동네인 중앙리 관련 사업 회의에도 몇 번 참여했다.

사진관 운영만 하던 나에게 도시 재생 사업은 어렵지만 새로운 의미의 일이었다. 주민들을 위해 도시를 재생시켜 더 살기 좋은 공간을 만드는 일. 나랑은 상관없는 일이라 생각했는데 내가 도움이 될 수 있다는 사실이 보람차기도 했다. 그렇게 도시 재생 센터에 몇 번 얼굴을 비췄을까? 어느 날 용암리 이장님께 연락이 왔다.

"유솔 씨, 커피 한잔할 수 있어요? 할 말이 있어서."

여러분도 생각해 보시라. 어느 날 교수님이 갑자기 커피를 마시자고 하면 어떤 생각이 들까? 우선 나는 '내가 뭘 잘못했나…?' 하는 생각부터 했다.
그간 플리 마켓이니 도시 재생 대학이니 마을의 사업 회의까지 참석하면서 내 의견을 말했더니 '그동안 내가 너무 나서고 다녔나?' 하는 걱정이 들었다. '이장님은 내가 맘에 안 드시나?'라고 생각하다가, 아무리 무서워도 이유는 알아보자는 마음에 사진관에서 이장님과 만나기로 했다.

이장님이 사진관에 도착하셨다. 이곳은 나의 영토인데, 어째서 나는 한없이 쪼그라들까? 이장님이 입을 열었다. 처음에는 언제부터 여기서 가게를 운영했는지, 본가가 어딘지 나에 대해 물어보셨다. '정말 내가 궁금해서 오셨나?' 하던 찰나,

"용암리 이장 해 보지 않겠어요?"

내가 잘못 들은 걸까? 그동안 망상을 참 많이 했는데 이장이 되는 상상은 한 차례도 해 본 적이 없었다. 당시 내 나이는 24살. 내가 아는 '이장'이라는 말에 다른 뜻이 더 있나?

"이장 일이 뭐 하는 건지 알아요?"
"음, 마을 사람들 도와주고, 마을 일하고… 그런 거 아닐까요? 하하."

완도는 시골이지만 완도읍은 나름 도시권이나 다름없다고 생각해 왔기에 나 역시 이장님이라는 존재는 미디어로 접하는 정도로만 알고 있었다. 무엇보다 용암리 이장님은 몇 번 뵌 적도 없었다. 마을이 점점 고령화되어 가는데 젊은 사람들이 들어와서 살기 좋은 마을을 운영해 주면 좋겠다며 용암리 이장님은 나를 캐스팅하셨다.

이장 일을 못 할 이유가 있나? 곰곰이 생각해 보았다. 모든 일에 어차피 처음부터 잘하는 사람은 없고… 용암리는 우리 엄마가 살았던 동네라고 들었고, 무엇보다 나는 할머니 할아버지들을 좋아한다! 못 할 이유가 전혀 없었다.

'24살에 마을 이장이라니 아무리 생각해도 멋지잖아!'

당시에는 속없이 이런 생각이 들어서 돌진하기 시작했다.

아무것도 몰랐기에 할 수 있었던 생각이었던 것 같다…. 고민 같지도 않은 고민을 끝내고 이장 일을 하겠다고 말씀드렸다. '캐스팅 후 곧장 이장으로 데뷔?'와 같은 생각은 큰 오산이었다.

"11월에 열리는 마을 총회에서 어르신들의 허락을 받아야 이장이 될 수 있어요."

이내 선거 유세를 해야겠다고 맘을 먹었다. 그나저나 어떻게 시작하지? 아무것도 모르는 나였기에 용암리 이장님의 도움을 받았다. 얼마 뒤에 있을 한글 학교 개관식에서 사진 촬영을 해 드리면서 마을 사람들을 먼저 뵙기로 했다.

며칠 뒤 한글 학교 개관식이 열렸고, 카메라를 들고 알짱거리니 어르신들 한두 분이 물어보신다.

"서울서 왔이?"

"아뇨, 저 완도가 고향이에요!"

시골의 특징, 이후는 어김없이 이 질문이 나온다.

"아부지가 누구까?"
"저희 아빠 옛날 목포장 밑에서 페인트 가게 하셨어요."

한두 분씩 그 집 잘 안다며, 우리 아버지와 모르는 사이가 아니었다며 말을 얹기 시작하자 주변 어르신들까지 나를 쳐다보신다. 이렇게 얼굴만 비추면 되는 걸까? 선거 유세는 처음이라 잘하는 건지는 모르겠지만, 어쨌든 나라는 사람의 존재를 알리는 데는 나름 성공이었다. 캐스팅 제의로 시작한 것치고 나는 꽤나 이장 일에 진심이었다. 어깨에 힘이 잔뜩 들어갔다.

이젠 내게 남은 것은 대망의 마을 총회였다.

아뇨,
저 완도가
고향이에요!

서울서
왔어?

용암리 마을 전경

온 우주가 도와주는 선거 운동

처음 보는 어르신들이 가득한 곳, 어색한 공기. 은근히 낯을 가리지만 오늘의 나는 다르다. 아침부터 '당당한 MZ'라는 콘셉트를 잡고 거울 앞에서 스스로 최면을 걸었다. 오늘의 나는 당당한 젊은이처럼 보여서 이장 선거를 통해 이장이 되어야 한다.

안 되어도 잃는 것은 없다. 그냥 조금의 머쓱함뿐. 이장이 되기 전, 나름의 준비도 마쳤다.

1. 엄마와 유진이에게 이장이 되면 어떨 것 같은지 물어보기

"엄마, 엄마 딸 마을 이장 하면 어떨 것 같아?"

"뭔 소리여, 또."

늘 이상한 가정을 하며 어떨 것 같냐는 질문을 많이 하는 딸 덕에 대수롭지 않게 넘기는 엄마였다. 어쨌든 운은 띄웠으니 됐다.

"야, 김유찌! 나 이장 되면 어떨 것 같아?"

그녀는 내 헛소리에 대답하지 않은 지 오래다. 난 꽤 진지하게 던진 질문이었는데 그녀는 헛소리라 판단하고 대답을 해 주지 않았다. 덧붙이지 않으면 진짜 헛소리로 치부할 것 같아서 말했다.

"아니, 용암리 이장님이 찾아와가지고… 이장을 해 보지 않겠냐고 하시더라고."
"엥?"

보통 헛소리가 아니라고 생각했는지 그제야 내 말에 대답해 준 그녀는 한참 내 이야기를 듣더니 한마디했다.

"사람 잘못 보신 것 같은데."

더 이상 대화할 가치는 없다. 어쨌든 미리 말하는 것에 의의를 뒀으니 난 그길로 만족한다.

2. 주민 총회에서 보일 기본 소양 연습하기

내가 생각하는 젊은 이장의 기본 소양은 뭐가 있을까. 아무래도 당당함 아닐까? 나의 매력을 생각해 보았다.

'그래! 젊은 게 장땡이야! 난 젊다!'

가진 게 어린 나이뿐이라 내세울 것도 나이뿐이었다. 나의 매력 포인트는 나이였다. 그렇게 만반의 준비를 마치고 용암리 주민 총회에 당도하게 되었다.

뉘집 딸이어서 회의를 왔을까, 하고 전부 궁금해하는 눈치였다. 주민 총회에는 용암리의 어르신들이 많이 나와 있었다. 몇몇 어르신들은 그때 사진 찍던 처자 아니냐며 알아보았다. 그 얘기를 들은 어르신들은 옆에서 되물어 보는 어르신들의 누구냐는 질문에 대신 답해 주기도 했다.

"그 속셈 학원 자리~ 거기에 사진관 차린 아가씨여~"
"쩌그 옛날 목포장 밑에 1층 빵끼집 딸이여."
"으응, 승식이 딸이여?"

하나를 말하면 열까지 알아 버리는 마을 어르신들이었다. 사람들이 이후로 더 도착했고 제법 북적북적해진 상황에서 주민 총회는 시작되었다.

이장님의 진행을 시작으로 회의의 장이 열렸다. 먼저 다음 이장 선출을 위해 투표를 하겠다는 이야기가 시작되었다. 아니, 그런데 이게 무슨 일일까.

"내가 부탁해가지고 말해 봤는디, 박인규 어르신이 이장을 해 주신다네."

다른 어르신들의 추천을 받은 분이 있던 것이다. 이건 내 계획에 없었다. 사실 이미 인정받은 후보가 있는 거라면 내 의지와는 무관하게 이장직은 먼 나라 이야기가 아닌가? 이장님도 당황하신 눈치였다.

"각자 후보님들의 각오 한마디를 들어 보겠습니다."

젊은 이장과 한 걸음씩 멀어지고 있는 사이에 이장님의 진행이 이어졌다. 각오는 준비하지 못했다. 애드리브로 모든 것을 해결해야 했다. 이번 일을 계기로 알게 된 사실이 있다. 나는 긴장하면 뇌가 빨리 돌아간다!

무슨 말을 해야 하나 초조해하고 있었는데, 그사이 다른 후보님의 각오 발표가 먼저 시작되었다. 벌떡 일어난 어르신은 이렇게 말했다.

"젊은 사람이 하겠다는디…."

그러고는 바로 앉아 버렸다. 본의 아니게 다른 후보의 응원을 받아 버린 나는 비상한 두뇌 회전과 함께 훗날 내 장례식에서 틀어 줬으면 하는 인생 명장면을 만들게 된다.

"어르신들은 마을을 워낙 잘 아시잖아요. 저는 마을은 아직 잘 모르지만 그 밖에 다른 것들을 잘 알아요. 어르신들이 마을에 대해서 잘 알려 주시면 제가 아는 것들로 열심히 어르신들 도와 마을 일을 하겠습니다!"

젊은 처자가 말을 제법 잘한다며 다들 흡족한 반응을 보였다. '해냈다!'라고 생각하는 찰나, 한 어르신이 질문을 던졌다.

"결혼은 했소?"

"아뇨…!"

결혼 질문을 시작으로 아직 너무 어리다는 말들이 여기저기서 걱정 섞인 목소리로 튀어나왔다. 어린 나이가 장점이라는 마인드로 왔던 건데 어려도 너무 어렸던 걸까? 당황한 나는 이 말 저 말을 늘어놓기 시작했다.

"어… 음… 저 서울에서 직장 생활 하다 왔구요! 어… 할아버지도 용암리에 사셨어서 아예 마을을 모르는 것도 아니에요."

말이 끝나자마자 어르신들의 표정이 달라지는 게 보였다.

"할아버지 성함이 어떻게 되시는디?"
"황 맹 자 석 자십니다…!"

걱정을 잔뜩 하던 어르신들의 표정들은 온데간데없고 할아버지 이름 석 자로 삽시간에 분위기는 괜찮아졌다.

"그 집 괜찮지."
"할아비지, 할머니가 참 괜찮은 분들이셨어."

그렇게 할아버지와 할머니를 등에 업고 무려 '빽'으로 마을 총회에서 이장이 될 수 있었다. 우와, 진짜 이장이라니!

영문 모르고 힘을 실어 준 할아버지, 할머니께는 나중에 이장이 되었다는 사실을 말씀드렸는데, 할아버지 이름을 팔아 이장이 되었다며 몹시 자랑스러워하셨다(?). 이제 되돌아올 수 없는 강을 건넌 나는 진짜 이장이 되었다. 엄마 나 이장 됐어!

엄마 나
이장 됐어!

마을 방송이 울리는 스피커

들어가기 무서웠던 경로당

옆 동네 처녀 이장

완도읍의 이장 회의는 한 달에 두 번, 화요일마다 완도 읍사무소에서 진행된다. 이장 회의는 지자체에서 주민들을 위해 진행하는 사업을 각 부서별로 알려 주는 아주 중요한 자리이다. 그만큼 아주 중요한 업무인 것과는 별개로 내게는 우리 마을 사람들이 아니라 완도읍에 있는 온 동네 이장님들에게도 이렇게 어린 이장이 있다는 걸 보여 주는 일이었다.

이장 회의에 가야 한다는 건 알고 있었지만 다른 이장님들도 있다는 걸 미처 생각하지 못했다. 다들 한 마을의 대표이시니 보통 분들은 아닐 것이 확실했다.

이장 회의는 오전 11시에 진행된다. 그냥 이야기를 들으러 가는 건데도 잔뜩 긴장되었다. 이장으로 선임되었을 때 여러 서류를 읍사무소로 제출해야 했는데, 그때 담당 주무관님도 나와 동갑인 97년생이란 걸 알고 모두 엄청 놀랐기 때문에 나를 보고 다른 이장님들이 놀라는 건 너무 당연한 일이었다.

이장 회의는 읍사무소 2층에서 진행된다. 본인의 마을 이름이 적힌 자리에 앉으면 된다. 회의 시작 또는 회의 끝난 후 이장 회의에 참석했다는 서명을 한다. 이장 회의에서 할 것은 오직 이것뿐. 10분 전에 도착했는데 이미 모든 이장님이 앉아 있었다. 문을 열고 들어가니 생각보다 아무도 별 신경을 쓰지 않았다.

'오잉? 그냥 슥 처다보고 마시네.'

그렇게 '용암리'라고 적힌 내 자리에 앉았다. 그런데 내가 자리에 앉자마자 다들 당황한 눈치였다. 옆자리에 앉아 계시던 개포2리 이장님이 먼저 내게 물어보았다.

"용암리는 애기가 이장이 됐다더니, 올해 몇 살이야?"
"저 26살이에요."
"주무관인 줄 알겠어."

신입 주무관인 줄 알았던 젊은 청년이 문을 열고 턱턱 들어와서는 대뜸 이장 자리에 앉으니 그제야 다들 놀란 거였다. 그렇게 자리에 앉아 있기만 하면 될 거라 생각했는데 이장 첫 부임에는 임명장을 받아야 한다고 했다.

"새로 부임하신 용암리 이장님은 단상 위로 올라와 주십쇼."

총무팀 팀장님의 소개가 끝나고 나는 긴장한 채로 단상 위로 올라갔다. 다들 '쟤가 진짜 이장이 맞냐'며, '누구 대신 나온 것 아니냐'며 수군댔다. 앞줄에 계신 어르신들이 내가 몇 살인지 아냐며 서로 물어보는 모습도 보였다.

완도 읍장님께 잠깐 임명장만 받고 내려오면 되는 일인데 시간은 어느 때보다 천천히 흘렀다. 임명장을 받고 다시 내 자리로 돌아가는 길에 여러 이장님들 모습을 봤다.
손녀보다도 어릴 나를 애정 가득한 눈빛으로 봐 주시는 이장님들이 있는가 하면 너무 어린 나이에 이장이 되어 걱정된다는 듯한 눈빛, 큰 관심 없던 분들, 마을 일을 잘할 수 있겠냐며 걱정하시는 분들… 다양한 반응들이었다.

사실 대부분 너무 어려서 이장 일을 잘할 수 있겠냐는 반응들이었다. 한 마을의 대표니까 마을을 대변할 수 있어야 하는데 괜찮겠냐고 물어보기도 했다. 그 와중에 아직 시집도 안 갔다고 하니 다른 이장님들의 걱정은 배가된 모양이었다. 반복해서 듣다 보니,

아직 시집을 안 갔다 = 시집 가면 마을을 떠날 것이다

라는 의미인 것 같았다. 모두들 이렇게 생각하는구나. 그런데 이미 시집을 갔어도, 언젠가 이사 갈 수 있는 것 아닌가? 참 아이러니하지만 '아가씨 이장'이라는 타이틀은 제법 기분 좋으니 이대로 쭉 밀고 나가기로 마음먹었다. 누가 시집 갔냐고 물어보면 내가 먼저 '아가씨예요!' 말해야지, 하고.

그렇게 폭풍 같았던 이장 회의를 마쳤다. 앞으로 매달 이장 회의를 가야 한다고 생각하니 앞날이 막막했다. 하지만, 이것이 진정한 이장의 길 아니겠나! 그렇게 마음을 다잡았다.

임명장이 나왔다는 것은 진짜 내가 이장이 되었다는 뜻. 이장 중에서 평균적으로 많이 어린 편이라는 것은 알았지만 '그래도 나

보다 어린 사람이 또 있지 않을까?' 생각했다. 아니, 어쩌면 진짜 최연소 이장일지도 몰라. 확실한 건 우선 완도에는 나보다 어린 이장은 없다는 것이었다. 어렴풋이 내가 가장 어리겠거니 생각하고 있던 그때, 전화가 걸려 왔다.

"읍사무소 총무팀인데요, 군수님이 최연소 이장이시라고 한번 뵙자고 하셔서요."
"군수님이요?"

전화를 마치고 나서야 내가 진짜 최연소였구나, 실감이 났다. 그나저나 군수님이 어떤 이야기를 하실까…? 긴장이 됐지만 내겐 그런 긴장할 시간도, 여유도 있지 않았다.

당장 마감해야 하는 업무 때문에 밤낮 없이 일해야 했다. 돈보다는 여유라며 완도에 막 내려왔을 때의 내 모습은 잃은 지 오래다. 여유는 통장의 풍요 속에서 오는 법…. 그렇게 정신없이 일을 하다 보니 군수님을 뵙는 날이 다가왔다.

여러분은 중요한 날에는 꼭 잠을 충분히 주무시고 가길 바란다. 나는 마감에 쫓겨 한숨도 자지 못하고 군수실로 향했다. 지금 내가 자고 있는 건지, 깨어 있는 건지, 이게 꿈인지 현실인지 쉽게 분간되지 않았다.

군수님과의 스몰 토크가 시작되었다. 내가 졸업한 고등학교의 아주 먼 선배님이셨던 군수님은 가볍게 고등학교 이야기부터 시작했다. 또 이런저런 완도 이야기를 내게 들려 주었다. 살면서 뵐 일도, 대화할 일도 없을 거라고 생각했던 분과 만난 이 상황이 신기했다. 그렇게 여러 완도의 이야기를 듣고 나서, 군수님이 이번에 다녀온 출장에 대한 이야기가 시작되고 있었다.

"이번 출장에 다녀오면서 완도의 자원이 얼마나 풍부한지 알려 주고 왔네."
"우와, 제법이신데요?"

응? 내 대답이 이상했다는 걸 알게 되었을 때는 이미 분위기가 어색해진 이후였다. 군수님은 내 이상한 대답에도 호탕하게 웃으며 넘어가 주었다. 허둥지둥 대화가 마무리되었다.
아직도 무슨 정신으로 자리를 이어 나갔는지 모르겠다. 그렇게 내 인생에 몇 번 없을 일을 어처구니없이 망쳐 버린 뒤였다.

군수님은 최연소로 이장이 되었으니 잘해 보라며 응원을 건넸다. 응원해 주신 덕이었을까? 전남도청에서 운영하는 으뜸 마을 사업을 우리 마을에서 진행하게 되었다.

우리 마을엔 전 이장님 때부터 운영해 오던 한글 학교가 있었는데 어느새 뉴스 자막도 곧잘 읽는 어르신들의 모습을 많은 사람에게 보여 주고 싶다는 생각이 들었다.
무엇보다 내가 가지고 있는 장점을 우리 마을 일에 활용하고 싶었는데, 전시회라는 좋은 아이디어가 떠올랐다. 마을 어르신들과 한글 학교 선생님께 긴 글을 부탁했더니 시보다는 편지가 좋을 것 같다는 의견이 나왔다. 그렇게 한글로 사랑하는 사람에게 쓴 편지를 전시하기로 결정했다.

읍사무소 주무관님들의 도움을 받아 서류를 작성하고 디자이너 경력을 살려 어르신들과 함께 전시회를 준비했다. 어르신들에게 글을 부탁하고, 곧 삐뚤삐뚤한 글씨로 쓰인 몇 통의 편지를 건네받았다.

글을 제외한 전시 준비는 처음부터 끝까지 혼자 해야 했다. 막연했지만 차근차근 준비해 나갔다. 전체적인 디자인을 하고, 현수

막 인쇄를 맡겼다. 전시 물품들을 구매해서 어르신들의 글이 잘 보일 수 있게 전시하고, 우리 마을을 소개하기 위한 마을 사진들과 글을 덧붙였다.

혼자 준비를 하고 있자니 별별 문제가 튀어나왔다. 생각보다 사이즈가 컸던 현수막은 벽에 고정되지 않기도 했다. 그때, 만능 박사 노인회장님이 출동하셔서 깔끔하게 현수막을 묶어 주고 그 외의 문제들도 감쪽같이 해결해 주었다.

그렇게 어르신들의 도움을 받아 무사히 한글 학교 전시회 〈용암서사집〉을 선보일 수 있게 되었다. 이런 노고가 좋게 작용한 건지 우리 마을은 으뜸 마을상을 받게 되었다.

마을 전시회

군수님이
최연소 이장이라고
불러 주셨는데
일이 많아서 밤샌 나머지
눈이 풀린 나

예의라는 이름의 거리 두기

이장 일은 어떻게 해야 잘하는 걸까?

마을에 계신 전전 이장님께도 여쭤봤지만 이장은 참 신비한 직업이다. 전전 이장님이 말씀하시기로 이장 일은 눈을 뜨고 다니는 만큼 생기는 거라고 했다. 이장이 하기 나름이라 일이 많은 이장도 있고 일이 적은 이장도 있다고. 그러니 눈을 적당히 뜨는 것도 필요하다는 조언도 남겼다.

막연하게 이장 일 잘하는 방법을 인터넷에 검색해 보았다. 많은 선배 이장님들의 지혜가 정보의 샘에도 있을 거라 생각했는데, 지식인에 없는 지식도 있었다.

'묘지 이장 잘하는 방법?'

내가 원하는 것과 먼발치 떨어진 검색 결과만 보고서는 도무지 답을 찾을 수 없었다. 최근에도 검색해 봤지만 요즘은 근래 개봉한 영화 〈파묘〉에 대한 내용만 가득하다. 그러니 혹시 이장을 꿈꾸는 청년들은 정보의 샘에서 이장 관련 팁을 얻지 마시고 주변에 있는 현직자에게 물어보는 것이 가장 빠르고 확실한 방법이라 전하고 싶다.

이장이 되고 나서는 한 달에 몇 차례 이장 회의를 가거나 매달 한 번씩 노인회장님께 전화를 드리고 경로당을 살피는 게 내 기본적인 업무였다.

어떤 일을 더 해야 하는지 알 수가 없었다. 워낙 부지런한 노인 회장님 덕에 마을도 늘 깨끗한 모습이었고 뭘 어떻게 챙겨 나가야 할지 도통 알 수가 없었다. 그저 이런 게 이장이구나, 하며 어렴풋이 알아 가고 있던 때였다. 그게 잘못된 방향인 줄도 모르고 이장 일에 익숙해지던 중 근처 마을 이장님들이 나에 대해 하는 이야기를 듣게 되었다.

"용암리 이장은 어려서 그런가? 마을에 영 신경을 안 쓴다는데."

충격적이었다. 어느 방향으로 갈피를 잡아야 할지, 이게 맞는 방향인지 몰라 아무것도 못 했던 내게 이런 이야기는 큰 충격으로 다가왔다. 내가 마을에 관심이 없다니, 그건 말도 안 되는 이야기였다. 한 번씩 노인회장님과 약속을 잡고 경로당을 방문하고 있는데 그때마다 아무도 아무 말씀 없었다. 내가 어떻게 마을에 신경을 안 쓰는 거지? 억울해서 밤잠을 설치기도 했다.

나는 경로당에 갈 때마다 어르신들에게 깍듯이 인사를 드리고 이것저것 물어보고 나오는데 어디서부터 잘못된 건지, 뭘 놓치고 있는 건지 감도 안 왔다.

그러던 와중에 '마을에 영 신경을 안 쓴다'는 말이 우리 마을 어르신들의 입에서 나왔다는 사실을 알게 되었다. 평소에 이런저런 도움을 많이 주던 이웃 동네 이장님께 물어보니 그냥 경로당에 막 찾아가라는 다소 당황스러운 답변을 주셨다.

'어르신들도 각자의 시간이 있으실 텐데 내가 갑자기 방문하면 불편하시지 않을까?'

이런 생각이 지워지지 않아 조언은 구했지만 쉽사리 행동으로 옮길 수 없었다. 그렇게 해결되지 않는 문제를 안고 어디서 또 그런 이야기가 나올지 몰라 불안에 떨고 있었다.

어느 날, 정신없이 가게를 보다가 깜빡한 게 생각이 났다. '11시에 경로당에 가기로 했었지!' 늦었다는 생각에 허겁지겁 뛰어 경로당에 도착했다.

그런데 뭔가 이상했다. 도착하니 다들 '왜 왔지?' 하는 눈빛으로 쳐다보았다. 왕할머니인 순희 어머니가 무슨 일로 왔냐고 물어보았다.

아차. 미처 약속을 잡지 않았다는 것을 깜빡했다. 미리 경로당에 간다고 했어야 했는데 아무 말 없이 대뜸 어르신들부터 만나러 와 버린 거다. 그때 무슨 생각이었는지 이렇게 얼버무렸다.

"아니… 별일 없으신가 해서요."

아무 일 없이 찾아온 나를 이상하게 여길 거라는 내 걱정과는 달리 '이제야 우리를 신경 써 주냐'고 말하는 어머니들의 따뜻한 눈빛을 볼 수 있었다. 이게 어떻게 된 일일까?

사실은 이랬다. 그간 매일 가겠다고 약속을 잡는 건 왠지 어색하니까, 약속하지 않은 날에는 괜히 용건이 있는 것처럼 경로당에 들러서 이것저것 묻곤 했다. 그게 어르신들에게는 용건이 없으면 경로당을 찾지도 않는 것처럼 보인 것이다. 어르신들은 계속 서운해하고 있었다. 한층 밝아진 어르신들은 앞으로도 이렇게 종종 찾아와서 함께 점심을 먹자며 이번 점심도 약속 없으면 먹고 가라고 했다.

이 일은 이후로 내 몸무게에 큰 변화를 주는 계기가 된다. 어르신들의 손맛도 한몫하지만 맛있는 음식을 나눠 먹으며 좋아하는 어르신들 모습에 거의 매일 경로당에서 밥을 먹었더니 살이 잔뜩 찌고 말았다. 그 바람에 이제는 경로당 식사를 즐기는 날을 조절 중이다. 그렇지 않으면 언젠가 어르신들 사랑에 배가 불러서 동그라미로 굴러다닐 수도 있을 것 같다.

이때 어렴풋이 어르신들에게 예의라는 핑계로 계속 거리를 두고 있지 않나, 하는 생각이 들었다. 가까이에서 그들을 다시 마주하게 된다면 예의와 편의를 구분하고 더욱 다양한 세대가 함께 어울리는 시대가 올 수도 있을 것이다.

이 일은 이후로
내 몸무게에
큰 변화를 주는
계기가 된다

어르신들과 만든 새알심

그 집 사는 젊은 애기

마을 이장은 1년에 한 번씩 마을 주민들이 실제로 그 주소에 살고 있는지 전체적으로 주민 등록 사실 조사를 한다. 경로당에는 늘 나오는 어르신들만 나오니, 다른 분들은 볼 일이 없어 주민 등록 사실 조사를 하면서 다른 주민들도 만나고 민원을 청취하기도 한다.

이장이 되고 첫 주민 등록 사실 조사가 다가왔다. 주민 총회에 나오지 않아서 새파랗게 어린 여자애가 이장이 된 걸 모르는 분들에게도 내 존재를 알릴 좋은 기회였다. 제일 먼저 경로당 어르신들의 사실 조사를 하러 갔다. 주민 등록 사실 조사 기간이라고 말씀드리니 새로운 미션까지 얹어 주었다.

"오물세 걷을 때인디, 돌면서 집집마다 2만 원씩 걷으믄 쓰겄네."

우리 마을에는 음식물 쓰레기통이 따로 있어서 오물세를 내야 하는데, 매년 마을 주민들에게 2만 원씩 걷어서 내고 있다. 첫인사와 함께 마을 재정에 아주 중요한 임무까지 맡게 되었다.
마을의 왕언니인 순희 어머니가 혼자 가지 말고 노인회장님과 함께 다니면서 마을 사람들에게 인사를 하라고 팁을 남겨 주었다.
노인회장님은 말보단 행동으로 보여 주었다. 거침없이 앞장서는 노인회장님을 따라 이 집 저 집 돌기 시작했다.

"계세요…?"

첫인사부터 돈을 걷어야 하니 최대한 조심스럽게 집 대문을 두들기고 사람들을 불렀다. 그에 반해 어디에 누가 사는지 마을에 모르는 사람이 없는 노인회장님은 거침이 없다.

"집에 있는가!"

대문 정도는 허락 없이 열어 버리는 노인회장님 덕에 처음에는 놀랐지만 집 안에 있는 사람들은 놀라기는커녕 알아서 열고 들어오라는 반응이어서 노인회장님의 방식에 적응하기까지 오래 걸리진 않았다. 그렇게 문까지 열고 집에 들어가는 데 성공하면 이후는 내 몫이다.

"안녕하세요, 이번에 주민 총회에서 이장이 된 김유솔입니다."

떨리는 첫마디. 사람들의 반응은 각양각색이었다. 어떤 사람은 인사를 하자마자 몇 살이냐고 물었다.

"26살입니다!"
"애기 아빠는 뭐 하고?"
"앗, 아직 아가씨예요."

이 정도 나이면 결혼을 했을 거라고 예상하고 모두 애기 아빠의 존재를 묻는다. 애기도 없고 애기 아빠도 없는데…. 다들 나이 때문에도 많이 놀라지만 이장이 아직 결혼을 안 했다는 사실에 더 놀라는 사람도 있었다.

"할머니, 할아버지들이 마을에 사람 없다고 암것도 모르는 애기를 이장으로 세워 놨구먼."

대놓고 이렇게 말하는 분도 있었다. 아직 보여 준 일이 없으니 나를 어리게만 보는 것도 당연했다. 그런 분들에게는 동행하던 노인회장님이 한마디 툭 던진다.

"그러면 총회에 나왔어야지."

그 말이면 모두 아무 말도 하지 않았다. 노인회장님 덕에 나의 주민 등록 사실 조사는 순조롭게 흘러갔다. 이제 몇 집 안 남았다. 노인회장님과 막판 스퍼트를 올렸다. '이 집엔 젊은 부부가 산다', '저 집엔 할아버지 혼자 산다'…. 이야기를 듣다가 늘 궁금했던 뒤쪽 집엔 누가 사는지 물었다.

"회장님, 그러면 저기 뒤쪽 집엔 누가 살아요?"
"거그는 젊은 애기가 살지. 아마 지금 없을 거여. 나중에 가 봐."

마을에 20대라고는 나를 포함해 3명밖에 없는 줄 알았는데 내가 몰랐던 젊은 사람이 또 있었구나. 또래일 테니 인사를 잘 해 둬야겠다고 생각했다.

그렇게 1차 주민 등록 사실 조사를 마쳤다. 하루 만에 정말 많은 사람을 만났고 얼굴도장을 찍었다. 부정적인 반응의 사람들도 있었지만 오히려 반겨 주는 분들도 있었다.

"우리 마을에 어르신들이 많으니까 이렇게 젊은 이장도 필요해. 잘해 봐요."
"그래. 젊은 이장 생겼다는 소식 들었어! 우리 마을에서 오래 살아야 해요."

어깨에 힘이 잔뜩 들어갔다. 어르신들의 반응을 곱씹어 보며 하루를 마무리했다. 그렇게 둘째 날이 밝았다. 오늘은 어제 회장님이 말씀하신 젊은 애기 집에 가야지.

"계세요!"

어제 노인회장님을 보고 조금 학습한 덕에 문을 두드리거나 사람을 부르는 모습이 꽤나 자연스러워졌다. 그런데 어째서인지 아무리 불러도 젊은 애기는 나오지 않았다. 결국 둘째 날에도 그 집 젊은 애기는 만날 수 없었다. 이미 집을 나선 김에 경로당에 가서 어르신들이나 뵙고 가야지, 생각했다. 경로당에 모여 있던 어머니들이 어딜 다녀오는 길이냐고 물었다.

"아니, 저기 뒷집에 젊은 애기 산다 해서 갔다 왔는데 안 계시더라구요. 언제 가야 뵐 수 있을까요? 한 번도 뵌 적이 없어서 누군지 모르겠네."

"그 집은 자주 없어. 밤늦게 가면 있을라나?"

"그렇구나. 그런데 젊은 애기면 나이가 어떻게 되시는 거예요?"

젊은 애기니까 당연히 20대거나 30대겠지 생각했다.

"갸가 아마 올해 60이 넘었지 아마?"

60이라고…? 하긴 80살 넘은 어르신들 눈에 20살이나 어린 동생은 아기일 수도 있겠다. 젊은 애기의 진실을 알아 버린 나는 우리 마을의 평균 연령이 얼마나 높은지 실감할 수 있었다.

"어머니들, 근데 60살 먹으신 분이 젊은 애기면 저는 뭐예요?"

"이장은 손녀제, 완전."

"아니, 신생아제."

어르신들과 한바탕 수다 끝에 오늘 일을 마무리할 수 있었다.

사실 조사를 하면서 보니 우리 마을의 평균 연령이 68세였다. 평균 연령의 절반도 안 되는 나이인 내가 우리 마을에서 잘 지낼 수 있을까? 미처 가지 못했던 몇 집을 더 방문하고 나서 사실 조사를 마칠 수 있었다.

이제 진짜 우리 마을에 모르는 집이 없어졌다. 모든 서류를 읍사무소에 제출하는 것을 끝으로 사실 조사를 마무리했다.

'26살 신생아 이장 김유솔, 무사히 사실 조사를 마칩니다!'

첫 주민 등록 사실 조사

26살
신생아 이장 김유솔,
무사히 사실 조사를
마칩니다!

나도 몰랐던 독재 정치

열심히 하지만 어딘가 20% 아쉬운, 그런 모습들로 열심히 일을 배워 갔다. 그러면서도 이장 일은 아직도 잘 모르겠다는 생각이 들었다. 처음 이장이 되었을 때 목표를 세웠다.

1. 마을 사업을 운영해 보자.
2. 어르신들이 사용하기 어려운 모바일, 인터넷을 알려 드리고 그걸 활용해 문제를 해결하고 편의를 봐 드리자.
3. 친밀하게 소통하자.

이 중 처음에 가장 중요하게 생각한 건 아무래도 마을 사업이었는데 일을 하다 보니 마을 사업보다는 주민들과 소통하고, 편의를 봐 주는 일이 이장 일의 핵심이라 느끼게 되었다. '부자 마을을 만들겠다'와 같은 이야기도 중요하지만 그게 잘 운영되려면 무엇보다 '마을 주민들의 편의가 최우선!'이라는 생각이 선행되어야 가능한 거였다.

하루하루 이장 일을 하면 할수록 나만의 생각이 조금씩 갖춰지고 있었다. 무엇보다 마을 사업을 할 때마다 어르신들과 어떻게 잘 섞어서 해야 할지도 내겐 아직 풀리지 않는 문제였다.
여성 이장의 기회를 만들어 주는 '완도읍 여성 이장 상사업'과 마을 주민들이 주체적으로 마을을 꾸미는 '전남 으뜸마을 사업'을 우리 마을에서 진행할 기회가 생겼다. 마을 사업을 운영하는 것도 중요한 목표였기에 이 기회를 놓칠 수 없었다.

몇몇 마을 어르신들과 얘기를 나누어 보니 내가 이장이 되기도 전부터 진행하던 마을 카페 사업도 있었다고 한다. 그렇다면 내가 이어받은 뒤 잘 준비해서 운영해 봐야겠다고 마음먹었다. 그렇게 사업에 관계된 사람들을 만나 이야기를 나누었다.

'기존에 여기까지만 진행하기로 했던 거구나.'

그럼 바로 그다음 단계부터 내가 맡으면 되었다. 다음 스텝을 준비했다. 마을 카페로 활용하기 위해서 옥상에 비가 와도 사용할 수 있는 공간을 만들어야 했다.

모든 계획을 꼼꼼하게 정리해서 근처 사시는 분들과 마을 위원 분들에게 전달했는데, 다들 아쉬워하는 눈치였다. 그렇게 결국 2층에 공간을 세웠는데 어쩐지 잘했다는 반응보다는 '굳이 그걸 왜 했을까?' 하는 듯한 반응이었다. 분명 내가 전달받은 계획서에 있던 내용인데 왜 다들 이런 반응일까?

내가 이장이 되고 맡은 일 중 가장 큰일이었는데, 뭐가 문젠지 몰라 당혹스러웠다. 이렇게 아무것도 모르고 있다는 생각이 들 때마다 내가 어르신들에게 피해를 주는 게 아닌지 슬슬 무서워지기도 했다. 다른 사람들이 우려한 것처럼 아무것도 모르는 어린 애가 이장을 한답시고 괜히 돌이킬 수 없는 일들을 벌이는 건 아닌가 싶어졌다. 그래서 더 조심하고 차분히 해 나가려고 한 건데, 내 마음과 결과는 달랐나 보다.

그러던 중 시행사를 통해 마을 앞에 건물이 세워지는 데 동의서를 써 달라는 연락을 받게 되었다. '전에 다 얘기 나눈 거다', '사인해 주시기로 했으니까 한번 읽어 보시고 사인하시면 될 것 같다'는 말을 전달받고 '아, 이것도 내가 이장이 되기 전부터 진행되던 일이구나.' 하며 동의서를 받아 들었다. 그저 어르신들에게 전화를 드려서 읽어 보시고 사인해 달라고 하면 되는 일이었다. 어르신들이 계시는 경로당으로 갔다. 그런데 내가 동의서를 들고 가니 다들 삽시간에 표정이 굳었다.

'내가 뭘 잘못했구나.'

굳어 버린 마을 사람들의 표정은 내가 뭔가 단단히 실수했음을 알려 주었다. 아니, 모를 수가 없었다. 일단 노인회장님하고 다 같이 읽어 보자고 하시기에 노인회장님이 올 때까지 기다렸다. 노인회장님은 서류를 한번 읽어 보더니 이런 경우는 없어야 한다며 말을 이었다.

"이장, 이 서류 읽어 봤어?"
"네."
"마을 앞에 뒷산만 한 아파트 짓는다는 거?"
"네! 전부터 이미 하기로 얘기가 되셨다고 해서….“
"그렇더라도 이런 경우는 주민 설명회를 운영하고 해야지, 시행사가 직접 온 것도 아니고 이렇게 이장 통해서 서류 한 장 딱 주는 건 예의가 아닌 거야."

아차 싶었다. 아무것도 모르고 돌아다니며 사인을 받았으면 우리 마을 뒷산만 한 아파트가 생기는 데 동의한 게 된다. 그러면 마을의 자랑 중 하나인 멋진 경관이 가려지는데, 그 사람들의 말만 믿고 나는 속없이 사인을 받으러 다닌 것이다.

노인회장님은 우선 개발 위원들에게 이야기할 테니 기다려 보라고 했다. 그렇게 마을에는 이장이 시행사도 없이 동의서를 받으러 왔다는 싸늘한 이야기가 돌았다.

아무것도 모르는 애가 이장을 했네, 어려서 이런 건 아무래도 잘 모르지. 여러 이야기가 오가며 마을 어른들은 상처받을 내 걱정 반, 어린 나한테 맡겨질 마을 걱정 반으로 한동안 쑥덕쑥덕했다. 모두들 이런 경우에는 마을 회의를 열어서 미리 사람들의 의견을 구하는 자리를 마련했어야 했다고 입을 모아 말했다.

그때 마을 카페 이야기도 같이 나왔다. 취지는 좋은데 커피를 내리거나 카페를 운영하는 게 어르신들에게는 많이 낯설어서 제대로 운영할 만한 사람이 마을 어르신 중에는 없다는 거였다.

알고 보니 마을 카페 사업을 우려하는 사람들이 마을에 정말 많았다. 걱정이 큰 상황에 무리해서 활성화를 시키니 더 문제라고 다들 생각해서 그런 반응이었던 것이다.

걱정과 죄책감으로 느린 밤을 맞이했다. 마을 어딘가에선 아무래도 이장을 바꿔야 하지 않겠냐는 이야기도 나왔다. 그날 집에서 생각했다. 더 이상 마을에 피해를 드릴 수 없으니 아무래도 내가 내려놓는 게 맞겠다고.

그렇게 이장이 된 지 10개월 차, 열정 넘치는 나의 의지와는 달리 1년 만에 이장 일을 그만둘 위기에 처했다. 정확히는 내가 누울 자리를 파 놓았다. 이제 묻히기만 하면 될 일.

마을 회의 일정을 잡고 경로당에 방문해서 넌지시 운을 뗐다.

"어르신들, 이장이 임기가 1년이라 이번 마을 회의에 어차피 이장 선거도 해야 하는데 아무래도 제가 서툴러서 이장 일을 그만해야 하지 않나 싶어요."

다들 말이 없었다. 그러다 순희 어머니가 입을 뗐다.

"그래? …우선 알겠어."

마을 회의도 예정되어 있고 넌지시 운도 띄웠겠다, 이젠 내일을 기다리기만 하면 된다. 마음을 가볍게 먹었다. 1년만 하고 그만 두게 되다니, 이건 어디 가서 이장 일 했다고도 못하겠다. 어르신 들에게 1년이란 시간을 낭비하게 한 것만 같아 죄송한 마음이 들 어 괴로웠다.

그날 밤, 순희 어머니에게 전화가 한 통 왔다.

"이장, 자는가?"
"아뇨, 어머니. 무슨 일 있으세요?"
"이장은 이장 하기 싫은가? 이장 생각이 궁금해서."
"저야 이장 일 하고 싶죠! 근데 제가 피해 주는 게 너무 죄송해 서요."
"나는 유솔 이장이 이장이라서 참 좋았어."

내가 아무런 대답을 못 하는 사이에 순희 어머니가 계속 말을 이 어갔다.

"몇십 년 살면서 모르던 것도 많이 알게 됐고, 유솔 이장이 이장이라서 더 말하기 편했어. 이장을 하고 싶은 마음이 있다면 우리 골목 엄마들한테는 내가 말할게. 이장이 내일 이장 하겠다고 말해."

지난 10개월 동안 민폐만 끼쳤다고 생각했는데, 순희 어머니의 말 한마디가 계속 이장을 하고 싶게 만들었다. 이장 일을 더 하고 싶다. 실수를 만회할 기회를 갖고 싶다.

여기저기서 나오는 안 좋은 이야기들을 듣고 걱정이 됐는지 옆동네 항동리 이장님도 연락을 주었다. 내 이야기를 듣더니 항동리 이장님도 한마디 거들었다.

"유솔, 이렇게 결과도 없이 그만두면 너무 아쉽지 않겠어? 1년만 더 해 봐. 이렇게 그만두면 만회할 기회가 오기도 힘들어."

항동리 이장님도 진심으로 응원해 주었다. 그렇게 이장님을 뵙고, 길을 걸어가는데 전전 이장님이신 대원 어르신을 마주쳤다.

"유솔 이장, 이리 와 보게."

"네."

"유솔 이장은 이장 할 마음이 있는가?"

경로당에서 미리 꺼낸 이야기를 전해 들은 건지 대원 어르신도 내게 이장 할 의사가 있는지 물어보았다.

"네, 하고는 싶지만… 제가 너무 피해만 드리는 것 같아서요."

"알겠네."

다음 날 예정된 대로 마을 회의가 열렸다. 개발 위원인 전전 이장님 대원 어르신을 포함해 마을 임원들과 주민들이 경로당에 전부 모였다. 우선 당장 눈앞에 닥친 건물 건설에 대한 의견을 나눴다. 모든 마을 사람이 반대 의견을 내놓았다. 개발 위원 중 한 분인 두인 어르신이 입을 열었다.

"이장, 앞으로 이런 일이 있으면 먼저 임원들과 상의를 해서 마을 회의를 소집해. 이런 건 혼자 결정할 수 없는 문제야."

"네…!"

"마을 사람들과 상의 후에는 이 사람들이 정확히 어떤 걸 하는 건지 그 사람들 입을 통해서 듣는 시간도 필요해. 알아 둬."

아파트 건설 이야기가 끝나고도 다들 건물 이야기가 한창이었는데 그 사이를 뚫고 내가 말을 시작했다.

"이번 일도 있었고, 이제 곧 연말이라 다음 이장 선출을 위해서 이 자리를 만든 것도 있어요. 이장 하고 싶은 분 있으실까요?"

다들 웅성웅성하시는데, 대원 어르신이 대답했다.

"내 생각은 유솔 이장이 계속했으면 좋겠어요."

끄덕거리는 사람도 있지만, 당황한 표정들도 보였다. 대원 어르신은 계속 말을 이어 나갔다.

"나이가 있는 사람이 해도 이장 일은 서툴 수밖에 없어요. 나는 이장 18년 했지만 최소 3년은 해야 이장 일이 뭔지 이제야 안다고 생각합니다. 무엇보다 하겠다는 마음이 느껴져요. 지금 이장 정도면 잘하는 거예요. 여기 있는 누구도 처음부터 잘할 순 없을 겁니다. 그러니 맘에 안 드는 구석이 있더라도 마을 주민들이 알려 줘야 해요. 처음부터 잘할 수는 없으니까."

대원 어르신의 이야기가 끝나고 순희 어머니를 포함한 어머니들
도 유솔 이장이 계속 이장을 했으면 좋겠다고 말했다.

그렇게 내년 이장도 내가 맡기로 하며 나는 벼랑 끝에서 다시 돌
아올 수 있었다. 만회할 기회와 충분한 시간을 주신 마을 어르신
들에게 너무 감사했다.
무엇보다 이 일을 계기로 용암리와 사랑에 빠지지 않을 수 없었
다. 내가 되고 싶은 어른들의 모습이 가득한 우리 동네에서 더 행
복하게, 오래 살고 싶어졌다.

급히 소집된
마을 회의

나는 유솔 이장이
계속 이장 했으면 좋겠어

Part 3

이장 3년 차라구요?

우리 이장 건들지 마!

우리 마을 어르신들은 한 분도 빠짐없이 날 이장님이라고 부른다. 이렇게 된 데는 모종의 합의가 있었다. 어느 날 어머니들이 목욕탕에 갔다가 옆 동네 아주머니들이 우리 동네 이야기를 하는 걸 들었다고 한다.

"아니 그 아줌마들이 나이도 어린 게 이장 한다고, 그게 무슨 이장이냐고 말하는데 내가 다 기분이 나쁘더라니까."

이런 대화를 나누다가 경로당에 앉아 있던 어머니들은 화가 잔뜩 났다. 어머니들은 목욕탕에서도 그 이야기를 듣고 화를 참을 수 없어서 "이장이 어려도 일은 잘해요!"라고 말했다고 한다.
내게도 이디 가서 누가 괴롭히면 이장 일 잘하고 있는데 왜 그러냐며 큰소리로 대답하라고 신신당부를 했다. 이런 이야기가 나오기 전에도 대원 어르신이 다른 어르신들에게 나를 함부로 부르지 말라는 말을 하기도 했었다. (함부로 부르는 사람은 이제까지도 없었는데 말이다.)

가끔 이런 일이 있을 때마다 이장이 이렇게 마을 사람들한테 보살핌을 받아도 되는지 얼떨떨하면서도 든든하다. 종종 어린 나이에 위축될 때가 있는데 이런 어르신들 덕택에 주변에서 들려 오는 안 좋은 이야기들은 무시하고 우리 마을 사람들의 이야기에 더욱 귀 기울이자고 다시 한번 명심하게 된다.

어르신들끼리는 서로 이장을 어떻게 부르냐는 이야기로 넘어갔다. 유솔 이장, 지금 이장, 솔 이장, 이장 등등 다양한 호칭이 나왔다. 난 사실 아무래도 상관없었다. 호칭을 논하기엔 난 어머니들과 50살 정도 차이가 나는걸….
전 부녀회장이셨던 윤례 어머니가 입을 열었다.

"아무리 우리끼리라도 이장을 함부로 부르면 안 돼. 이장이 나이는 어려도 우리 마을을 대표하는 큰 어른이나 다름이 없어. 우리가 높이 세워 줘야 다른 마을 사람들도 우리 이장 무시 못 해. 다들 밖에서 이장 함부로 부르지 말어."

함부로 불린 적도 없는 마당에 서로 조심하자는 사람들만 있는 아이러니한 상황이다. 그때 이후로 나를 이름으로 부르는 사람이 있으면 바로 제재가 들어갔다. 든든한 마을 어르신들을 등에 업고, 오늘도 나는 어깨를 활짝 펴고 이장 일을 시작한다.

마을 내에서도 간혹 나를 안 좋게 이야기하는 사람이 있긴 했지만, 혹여나 마을 밖에서 그런 이야기가 나오기만 하면 다들 한뜻으로 내 편을 들어 준다. 주변에서도 나를 볼 때마다 이장 일을 얼마나 열심히 하는 거냐며, 마을 사람들이 그렇게 칭찬을 한다고 한다. 그럴 때마다 아직도 이장 무시 당할까 걱정하시는구나, 생각이 든다.

그런 어르신들의 사랑 덕택일까? 이장 일을 맡은 2022년부터 나는 오히려 더 완도에 살고 싶어졌다. 아니, 살 수밖에 없다. 사진관을 하러 내려온 것도 큰 의지가 필요한 일이었지만 아직 어린 나이였기에 언제든 떠날 수 있다고 생각했다. 언제든 실패할 수 있으니까 만약 실패하면 그때 완도를 떠나도 늦지 않겠다고. 그런데 이르신들의 예쁨을 받은 덕에 나는 서울에서 잃어버렸던 자기 효능감을 조금씩 찾고 있었다.

별것 아닌 나의 모습도 대단하고 장하다며 추켜세워 주는 마을 분위기 덕에 나는 어느 순간부터 마을에 없으면 안 되는 기특한 이장이 되어 있었다. 나를 필요로 하는 곳에 있다는 사실이 오히려 더 완도에 살고 싶어지게 만들었다. 나를 완도에 정착하게 만드는 건 아무래도 '사람들'인 것 같다.

우리가 높이 세워 줘야
다른 마을 사람들도 우리 이장 무시 못 해

이장단
노래 자랑

창문을 두드리는 그림자

나는 겁이 별로 없다. 물론 우리 마을이 아무리 치안 좋고, 평화롭다고 해도 사람 일은 모르는 거니 백번 천번 조심해야 하지만 여전히 겁이 없는 편이다. 아니, 조금 무모하기까지 하다.

나는 어릴 적부터 새벽에 자전거를 타고 부둣가를 달리는 걸 좋아했을 정도로 밤을 좋아한다. 서울에서도 일이 잘 안 풀릴 때면 바로 겉옷을 챙겨 입고 나가서 밤 산책을 즐겨 했다. 서울에서는 무서워서 점점 밤에 나가지 않다가 완도에 와서는 새 자전거까지 사면서 더 활발하게 밤마실을 나갔다. 모두가 걱정하지만 그것만큼 시원하고 마음이 뻥 뚫리는 일은 없다.
그런데 어느 날, 당시 살고 있던 집이자 사진관에 술 취한 남자가 무단으로 들어온 이후로 점점 겁이 많아져 이제 밤에 함부로 다니면 안 되겠다고 생각했다. 마음을 먹었다고 해서 금방 되는 것은 아니었지만.

이장이 되고 나서부터는 용암리에서 자취를 하고 있는데 우리 마을 어르신들은 혼자 사는 내 걱정을 많이 해 준다. 앞뒤 양옆으로 어르신들 집이 붙어 있는데 우리 집에서 소리라도 지르면 금방이라도 달려와 줄 마을 어르신들이 있어서인지 나는 다시 겁을 상실해 가고 있었다.

어느 날, 평소처럼 잠옷을 입고 라면을 끓여 먹으려고 룰루랄라 거실로 향하는데, 방 안쪽에서 둔탁한 소리가 들렸다. 이게 무슨 소리지? 방으로 가 보니 굵은 나뭇가지가 내 방 창문을 열려는 시도를 하고 있다.
문을 잠그러 가면 그 사람과 마주치게 될까 봐 무서워 잠깐 자리에 얼어 있었다. 얼어 있던 것도 잠시, 어떻게 해야 하나 곰곰이 생각했다. 문을 잠그고 경찰에 신고를 할까? 당시엔 아무 생각이 안 나 멘붕이 온 상태였는데 저 멀리서 작은 소리가 창문을 넘어왔다.

"이~장~"

잘못 들은 건가 하고 다시 귀를 기울여 보니 또 들린다.

"이~장~ 문 좀 열어 봐~"

깜짝 놀라 창문을 열었다. 알고 보니 옆집에 사는 어르신이 나뭇가지로 똑똑 노크를 하며 나를 부르고 있었다. 며칠 전부터 감을 가지고 가라고 했는데, 일이 바빠 미처 연락을 못 드리고 있던 참이었다. 어르신은 내가 집에서 쉬고 있다는 사실을 알고 나뭇가지로 감을 전달해 주려던 거였다.

탱글탱글한 감이 잔뜩 담긴 비닐봉지가 나뭇가지에 걸려 우리 집으로 넘어왔다. 어르신께서 맛있게 먹이려고 물에 잠깐 담갔다가 가장 맛있을 때 준 거라며 어서 먹어 보라고 권했다. 좀 전까지 잔뜩 겁을 낸 게 무색하게 맛있는 감이었다.

누군가에게는 이런 상황이 불편할 수도 있겠지만 이웃끼리 음식을 나누던 옛날 시절이 생각나 좋았다. 정을 나누기 위해서라면 이 정도의 불편함은 나에게 충분히 감수할 수 있는 문제였다. 무엇보다 감이 이렇게 맛있는데!

그렇게 기분 좋게 집을 나섰다가 병선 어르신 부부를 만났다. 어머니 손에 김치 통이 들려 있었다.

"어디 가세요?"
"으응~ 이번에 김치를 담가서 경로당 갖다 놓으려고."
"맛있겠다!"

그렇게 어르신 부부와 작별하고 마저 갈 길을 갔다. 그런데 집에 도착해 핸드폰을 보니 부재중 전화가 3통이나 와 있었다. 순희 어머니, 옥남 어머니, 춘임 어머니. 다들 무슨 일이 있나? 차례대로 전화를 걸었다.

"이장! 김치 없어?"
"네? 아뇨!"

'김치 맛있겠다'라고 말한 게 소통이 잘못되어 '이장네 집에 김치가 없다'는 소문이 난 모양이었다. 모두 김치를 가져다 먹으라며 내게 전화를 건 것이다.

"부족하면 말씀드릴게요! 김치 있어요!"

우리 집 냉장고는 어머니들이 준 이런저런 과일로 꽉 차 있었다. 그러던 와중에 누가 현관문을 두드린다.

"이장~ 집에 있는가?"

아직 미처 전화를 못 드린 춘임 어머니다. 춘임 어머니 손에는 큰 반찬통이 들려 있었다. 이장네 집에 김치가 다 떨어졌다는 소문을 듣고 이번에 담근 파김치를 가져왔다고, 부족하면 또 말하라고 하시며 흡족한 얼굴로 김치를 건네주었다. 과일부터 빨리 먹어 치워야겠다고 다짐하며 김치 통을 받아 들었다.

소문은 이후에도 계속되어 많은 어르신들이 내 얼굴을 볼 때마다 김치는 아직 있냐고 물어보게 되었다. 이런 사소한 정을 서울에서는 잊고 살았는데 용암리에서, 우리 마을에서 느낄 수 있는 큰 행복인 것 같다. 아, 이 마을, 정말 사랑하지 않을 수 없다.
오늘도 어머니들이 담그신 파김치를 먹기 위해 짜장라면에 물을 올리러 간다.

마을 이모가
예쁘다고 주신 간식

이장~ 문 좀 열어 봐~

수취인 불명의 편지

이장 일을 하는 동안 많은 사람이 나의 '시집' 여부를 물었듯이 내게도 역시 혼인의 여부가 중요한 일이었다. 이 세상에 나 한 명 사랑해 줄 사람은 있겠지만, 고령화가 진행되고 있는 완도에서는 내 맘에 쏙 드는 인물 찾기가 하늘의 별 따기이다.

어느 날은 경로당에서 어머니들과 함께 점심을 먹고 드라마를 보며 수다를 떨고 있었다. 내가 결혼을 언제 할지 궁금해하던 어르신들이 많았는지 어머니들이 먼저 운을 띄웠다.

"이장은 결혼 안 해?"
"준비물이 있어야 결혼을 하죠!"

한바탕 웃고 난 어르신들이 다들 한마디씩 결혼에 대한 생각을 보탰다.

"결혼 일찍 하면 손해야. 해 볼 것 다 해 보고 가."
"맞아, 요새 똑똑한 여자들은 시집도 안 가."
"그래도 한 번 사는 인생 한 번쯤은 가 봐."

예상은 하고 있었지만 생각보다 더 개방적인 우리 어머니들은 결혼은 최대한 신중히 하라며 충고를 해 주었다. 하지만 나는 어머니들과는 생각이 달랐다.

"저는 괜찮은 사람 있으면 다음 주에라도 결혼할 거예요. 근데 재료가 없어요!"
"시집가면 안 된당께, 이장이 시집을 가지 말고 남편을 데리고 와!"

마을에 몇 없는 젊은 사람이 떠날까 봐 어머니들은 장난처럼 말했다. 나 역시 어머니들의 기대를 저버리지 않기 위해 사방팔방으로 남편감을 찾고 있지만 아무래도 찾지 못했다.

봄이 다 지날 즈음 내게 특이한 우편이 날아왔다. 비에 젖을까 봐 노인회장님이 따로 맡아 주셨는데 한동안 바빠 확인하지 못하고 우편이 온 몇 주 뒤에나 받을 수 있었다.

"논산에서 왔구만. 군대인가?"

겉면에 쓰인 주소를 보고 노인회장님이 군대에서 온 것 같다며 봉투를 건네주었다. 주소는 논산이었고 마지막이 '사서함'으로 끝났다. 예전에 친구들한테 편지를 받아 본 기억으로는 우체통으로 보낸 편지가 이렇던데.

군대에서 나에게 어떤 볼일로 편지를 보냈을까? 이 편지는 보낸 사람과 받는 사람 주소가 손글씨로 쓰어 있었다. 무엇보다 가장 특이한 점은,

"전라남도 완도'시'…?"

대체 어느 기관에서 완도를 '시'라고 착각한단 말인가. 지체할 틈도 없이 우편 봉투를 뜯어 보았다. 손글씨로 꽉 채운 편지가 들어 있었다. 봄이 다 지나가다 못해 여름이 오고 있었는데, 나의 꽃은 이제 피려나. 삭막한 21세기에 펜팔이라니 내게도 낭만이 도래

한 것이다.

편지 내용은 이러했다. 본인은 논산에 살고 있는 20대 남성이고 티브이에 나온 나를 보고 어르신들을 대하는 모습이 기특하고 예뻐 이렇게 편지를 쓰게 되었다고. 본인이 하는 일도 어르신들을 자주 만나는 직종이라 주변 어르신들에게 이장 해 보라는 소리를 많이 들었다고 했다.

이제 막 낭만에 당도한 나는 답장을 받을 수 있도록 내 주소를 적어 답신을 보냈다. 완도시가 아니고 완도군이라는 점도 잊지 않고 적었다. 좋게 봐 주어서 고맙다는 내용을 장황하게 써서 보냈다.

특이한 건 이 사람이 내 주소를 끝까지 적지도 않고 '완도 용암마을 이장님께'라고 보냈더니 우리 집으로 도착한 것이다. 희한할 노릇이다. 찜찜한 부분은 있었지만, 이장이라면 어쩔 수 없다고 생각했다. 닿지 않을지도 모를 이 편지를 보낸 마음이 가상했다.

며칠 뒤, 편지가 반송되었다는 연락을 받았다. 주소가 사서함이어서 그리로 부칠 수밖에 없었는데, 그게 문제였을까? 반송 메시지를 받고 '돌아올 우편은 어찌 다시 보내야 하나' 고민하는 와중에도 돌아와야 할 내 우편은 반송되지 않았다.

그렇게 편지를 보냈던 것도 잊고 동생 유진이와 유진이의 남자친구와 함께 군외면으로 행사 사전 답사를 하러 가려던 참이었다. 집에서 나오는 길에 우체통을 보니 두터운 편지봉투가 겹겹이 끼어 있었다. 답장이었다. 반송된다던 내 편지가 무사히 닿았는지 답장이 되어 돌아왔다. 저번 편지보다 족히 2배는 두꺼운 것 같은 편지는 봉투부터 정성이 가득 들어가 있었다.

직접 그린 그림, 내 이름 옆에 하트.
어딘지 많이 이른 것 같다는 생각이 들었지만… 우선은 내용이 궁금했으므로 후다닥 동생네 차에 올라타 답장이 왔으니 소리 내서 읽어 보겠다며 봉투를 뜯었다. 답장해 줘서 고맙다는 인사를 시작으로 그의 두 번째 자기소개가 적혀 있었다.

저는 논산에서 과일 유통을 하면서 얼마를 벌었고, 두 달에 한 번 할머니께 용돈도 드리고 (…)

나랑 결혼하자는 걸까? 우린 결혼을 논하기엔 너무 이른데…. 무엇보다 봉투 겉면에 정성 들여 그린 그림이 내 취향이 아니어서 그와 한 발자국씩 멀어지고 있었다.

유솔 씨와 가까워지려면 솔직해야 할 것 같아서 말씀드립니다. 작년부터 생활이 힘들어져 알바를 시작했는데(…)

다시 읽어도 믿기지 않는 내용.

보이스 피싱 수거책으로 현재 교도소에 수감 중이며 내년 5월에 출소 예정입니다.

"에?"

소리 내서 읽던 나는 물론이고, 듣던 동생네도 귀를 의심했다. 뒷내용은 본인은 억울한 상황이고 교도소에서 배운 기술로 완도에 요양원을 차리고 싶다는 것이었다. 괜찮다면 내 사진을 함께 보내 주고 꼭 답장해 줬으면 좋겠다는 말을 끝으로 편지는 마무리되었다.

다시는 편지하지 말라고 보낼까? 정중히 거절하는 편지를 다시 보낼까? 고민하다 결국 답장을 적지 못했다. 같은 편지 안에도 거짓말을 적는 사람인데 더 이상 대화할 필요는 없을 것 같았다. 고민하다 답장을 보내지 않기로 마음먹었다.

그 후로 답장을 달라는 편지가 한 번 더 왔다. 한동안은 집에 혼자 있거나, 혼자 길을 걷기가 무서워져 때때로 불안했다. 이번 일 이후로도 다른 사람, 다른 나이의 수감자에게 몇 통의 편지를 더 받았다. 그 편지에 적혀 있던 출소 예정일인 '내년 5월'도 지나갔다.

다행히 지금은 별로 무섭지 않다. 이 일을 마을 어르신들께 털어놓은 뒤에 언젠가 밤 12시에 순희 어머니에게 실수로 전화를 건 적이 있었다. 분명 바로 끊었는데 갑자기 앞집 윤자 어머니와 순희 어머니가 우리 집에 와서는 별일 없냐며 문을 두드렸다.

그날 밤 이후로 부작용이 왔을까? 이제 용암리는 내 '나와바리'라며, 아무리 늦은 밤이어도 마을 근처에만 다다르면 이상하게 든든하다. 그렇게 어르신들의 보살핌을 가득 받으며 용암리에 더 파고들게 되었다.

마을에서 이렇게 보살핌 받고 있는데 누가 날 건들까! 작은 이장을 건드리면 용암리 할머니들한테 아주 큰일 나는 거다.

저는 현재
교도소에 수감 중이며…

이장 집
불 켜져 있다!

코걸이 한 우리 이장

이장 일도 이장 일이지만 나에겐 고민이 있었다. 엄마의 반대를 무릅쓰고 뚫었던 코 피어싱. 때는 코로나로 줄곧 마스크를 써야 했다. 그럼에도 은근히 피어싱을 의식해서 마을 총회에 갈 때마다 빼고 갔던 터라 내가 피어싱을 했건 타투를 했건 어르신들은 더더욱 알 길이 없었다.

엄마를 이해시키기도 힘든 과정이었으나(성공하지도 못했다.) 마을 사람들을 이해시키기란 내겐 불가능에 가까웠다. 나와는 다른 세대와 문화를 겪어 오신 분들에게 내 '추구미'를 어떻게 설명하는 게 좋을까? 답은 영영 나오지 않았고 나는 코로나라는 구실로 어르신들에게 반쪽짜리 얼굴만 보여 드릴 수 있었다.

경로당에서 밥을 먹거나 마스크를 벗을 것 같은 날이면 집에서 미리 피어싱을 빼고 출근했다. 섣불리 피어싱한 모습을 보였다간 그동안 열심히 해 온 노력들이 한 번에 무너져 내릴까 걱정되어서 특별히 더 조심했다. 티브이에서는 백신이 만들어지고 있다는 뉴스가 쏟아져 나오고, 마스크를 벗고 싶어 하는 사람들의 이야기가 들려왔다.

나 역시 코로나가 빨리 끝나길 바라는 사람 중 한 명이었지만 자려고 누울 때마다 그럼 이 피어싱은 어떻게 해야 하나, 걱정이 앞섰다. 어르신들 속을 알 길이 없으니 답답할 노릇이었다. '신체발부수지부모'의 정신으로부터 대단히 어긋나 버린 나는 코로나의 끝이 다가올수록 반가우면서도 두려워지기 시작했다.

이런 내 고민과는 정반대로 나는 경로당에 전보다 자주 드나들었고, 어르신들과 식사하는 날이 늘어나고 있었다. 내 사정 때문에 경로당을 멀리하기엔 직무 유기인 데다, 맛있는 점심밥에 대한 예의도 아니었기에 더 자주 경로당으로 향했다. 그렇게 나는 어르신들과 조금씩 가까워지고 있었다.

어느 날 우리 집 골목 초입에 사는 동해 어머니가 부탁할 것이 있다고 집에 잠깐 와 달라고 하셨다. 팔이 안 닿아서 냉장고 뒤에 있는 커튼을 함께 말아 달라는 것이었다. 내겐 너무 간단한 일이라 '금방 해 드리고 가야지' 하고 후다닥 커튼을 말기 시작했다.

"이장! 유과 먹고 가."

커튼을 정리하고 나서 동해 어머니가 선물로 들어온 유과를 먹고 가라며 커피포트에 물을 올렸다. 따뜻한 커피와 유과, 거절하기 힘든 조합이었다. 동해 어머니가 빨리 한입해 보라며 유과를 내 얼굴 앞까지 내밀었다. 거절할 수가 있나. 마스크를 쑥 내리고 유과를 받아먹었다.

"어?"

갑자기 생긴 이벤트라 미처 피어싱을 빼고 나오지 못했다. 동해 어머니의 "어?" 하는 외침과 함께 잠깐의 정적이 찾아왔다.

'동해 어머니의 실망을 시작으로 마을 어르신들이 전부 알게 되는 건 시간문제겠지? 이제 코에 구멍 난 이장이라고 동네에 소문이 나면 나는 곧 탄핵될지도 몰라.'

짧은 사이에 나는 '코에 구멍 난 이장'이라며 직책에 걸맞지 않은 행색으로 탄핵을 당하는 상상까지 했다.

"왐마, 우리 이장 코걸이 했네."
"아… 네! 코걸이 했어요."
"소여? 코걸이 하게! 멋 비랫구만(부렸구먼)."

생각보다 대수롭지 않게 농담으로 웃어넘기는 동해 어머니 덕에 탄핵은 진행되지 않았다. 다행히 동해 어머니는 별로 신경 안 쓰시는구나, 안도했다. 어르신들은 눈이 안 좋으시니까 아예 조그만 피어싱을 끼고 다니면 갑자기 마스크를 벗는 일이 생겨도 괜찮을 거라며 대책을 세웠다.

코로나는 점점 사라져 갔다. 나는 피어싱을 아주 작은 것으로 바꾼 후 마스크를 쓰지 않고 다녔다. 어르신들 아무도 내게 코 피어싱 이야기를 하지 않았으니 내 계획은 성공적이었다. 그렇게 겁도 없이 맨 얼굴로 마을을 활보하고 다녔다. 마스크를 쓰지 않고도 마을을 걸어 다닐 수 있다니, 마음이 편안해졌다.

그러던 어느 날 한 기자님이 마을에 찾아와서 나와 마을 어르신들에게 간단한 인터뷰를 요청했다. 이장이 어려서 좋은 점, 나쁜 점을 차례로 묻는 인터뷰였다.

"편하게 말할 수 있어서 편해, 손녀 같아서 좋아."
"근디 시집 가불까 봐(가 버릴까 봐) 걱정이여."

여러 이야기가 오고 갔다. 그렇게 잘 마무리되는 듯했다.

"어르신들 피어싱한 젊은 이장님 어때요?"

'기자님…! 그거 아니에요! 우리 어르신들 아무것도 모르신단 말이에요….'

눈이 떨렸다. 하지만 이미 돌이키기엔 너무 늦어 버렸고 나는 애써 웃으면서 어르신들 눈치를 살폈다.

"머 어짠다요?"

아예 모르실 거라 생각했던 내 예상은 대단히 빗나갔다. 어르신들은 아무것도 모르기는커녕 진작 알고 있었던 것이다.

"요새 젊은 사람들 다 멋 비리고 다니는데 이쁘게 하고 다니믄 좋제, 어짠다요."

어르신들의 대답에 오히려 기자님이 더 놀란 눈치셨다.

"어르신들 알고 계셨어요?"
"코가 번쩍번쩍한디 어떻게 몰러."

우습지만 그동안 마스크를 열심히 챙겨 쓰던 게 무색하게 나는 당당히 피어싱을 하고 다닐 수 있게 되었다. 기성세대라고 해서 어르신들이 이런 내 모습을 절대 이해 못 하실 거라는 건 나의 오만한 착각이었다. 생각보다 많은 어른들은 젊은 사람을 그들의 방식대로 이해하고 싶어 하고, 있는 그대로 받아들이려 한다는 걸 알게 되었다. 오히려 이해 못 하실 거라 생각하는 우리 세대의 고정 관념이 우리를 더 힘들게 하는 게 아닐까?

'이장은 요상하게 그런 게 잘 어울린다'며 어르신들의 예쁨을 한 몸에 받는 나는 코에 구멍 난 이장이다.

코에 구멍 난 이장

이장은 요상하게 그런 게
잘 어울린다

밥 잘 먹는 예쁜 이장

마을 경로당에 돼지머리가 나오는 날이면 어김없이 어머니들에게 전화가 온다.

11:00 ― 순희 어머니

"이장~ 오늘 점심에 바빠?"
"아뇨! 무슨 일 있어요?"
"오늘 돼지머리 삶으니께 집에서 밥해 묵지 말고 경로당 와서 묵으라고."
"아싸! 네!"

11:20 ― 윤자 어머니

"이장! 뭐 해~"

"저 일하죠~ 무슨 일 있으세요?"

"머리 고기 삶았은께…,"

"와서 먹으라고요? 아까 순희 엄마한테 전화 왔어요."

"잉~"

    11:30 ─ 윤례 어머니

"이장아, 어디야?"

"어무니, 저 이따 가려고요."

"잉~ 빨리 와."

    11:40 ─ 춘임 어머니

"이장아~"

"어머니, 저 지금 가요~"

몇 끼 정도는 굶어도 될 것 같은 풍채의 나인데도 어머니들은 이
장이 밥 굶고 다닐까 봐 맛있는 메뉴가 경로당에 등장하는 날이
면 몇 번이나 전화를 걸어 준다. 덕분에 제철 음식은 놓치지 않고

먹을 수 있다. 오늘도 밥그릇 가득 고봉밥. 고향집의 할머니처럼 밥을 잔뜩 퍼 주고도 부족하면 말하라는 말을 잊지 않고 매일 남긴다.

평소에 쌀밥은 잘 먹지 않는데 이상하게 경로당 밥은 '완밥'을 하게 된다. 배 터지게 한 그릇을 비우고 나면 눈을 번뜩이며 주걱을 드는 어머니들을 볼 수 있다. 어물쩍 대답했다가는 '도르마무'로 다시 고봉밥을 먹어야 하므로 최선을 다해 '음식은 너무 맛있지만 이렇게 먹다간 배가 터질 것'이라며 완강히 거절해야 한다. 그렇게 거절해도 어떤 날은 안 먹힐 때가 있다.
친구들과 함께하는 단체 활동이 한창이라 밤늦게까지 일해서 눈 밑이 퀭한 날은 먹어야 힘을 내서 일한다며 고봉밥을 두 번이나 먹어야 했다.

고봉밥을 다 먹고 나면 어머니 중 누군가가 바리스타가 되어 주문을 받는다.

"사돈은 연하게~ 창숙이네 엄마는 마셔, 안 마셔?"
"나도 연한 걸로 마실라요."
"당뇨 약 먹은께 커피 못 마셔아."

어머니들의 주문이 한 차례 끝이 나면 내 차례다.

"이장님~ 커피?"
"저는 괜찮아요~"

그렇게 후식까지 야무지게 진행된다.
가끔 우리 마을을 취재하고 싶다고 여러 곳에서 마을에 방문할 때가 있다. 그렇게 사람들이 마을에 촬영하러 왔다고 마을 어르신들에게 말씀드리면 제일 먼저 궁금해하시는 것은,

"식사는 어떻게 하신댜?"

바로 이것이다. 손님이 식사를 안 하고 가면 종종 서운해하기도 할 정도로 우리 마을 어르신들은 음식에 진심이시다. 메뉴가 특별하지는 않아도 늘 반찬 7~8가지는 기본이고, 국까지 나온다. 그렇게 잔뜩 차려 놓고는 손님에게 차려 놓은 게 없다고 하신다. '부족하면 말하라'며 고봉밥을 주고야 만다. 처음엔 나도 어르신들을 말렸으나 어느 정도 지난 이후엔 이제 공범이 되어 은근히 즐기는 지경에 이르렀다. (죄송해요.) 후식까지 입에 넣어야 용암리경로당에서 풀려날 수 있다.

이렇게 용암리에서 사육을 당하던 어느 날, 갑자기 대화 도중에 '이장이 야위었다'는 말이 나왔다. 최근 수영에 재미를 붙여 매일 아침 수영을 다녔더니 살이 전혀 빠지지 않았음에도 이제 살을 그만 빼도 되겠다며 더 빼면 보기 안 좋을 것 같다고 걱정하는 어르신들이 생긴 것이다. 그렇게 서너 분이 이제 운동 그만해도 되겠다고 하던 도중, "이장 살 안 빠진 것 같다."라는 부녀회장님의 등판으로 겨우 종결되었다.

이장 일을 하다 보면 대다수의 사람이 그렇게 어르신들과 지내다 보면 불편하지 않냐, 힘들지 않냐고 많이들 물어보는데 전혀 그렇지 않다. 오히려 어디서 비싼 돈 주고 맛없는 밥 사 먹을까 봐, 돈 많이 써서 저축도 못 하고 시집 못 갈까 봐, 야위어서 몸 아플까 봐 걱정하면서 맛있는 게 생기면 잊지 않고 불러 준다.

그렇게 어르신들의 보살핌과 사랑으로 기름지게 살이 오르고 있는 나는… 바로 밥 잘 먹는 기특한 용암리 이장이다….

이장~
밥 먹고 가~

한 그릇 먹으면 서운한
한 솥 전복죽

그나마
적게 먹었을 때

이장 남편 유치 작전

어쩌다 보니 내 혼사 여부가 자주 나오는 것 같다. 사실 이렇게까지 얘기하게 될 줄 모르고 내가 어르신들에게 세뇌를 시킨 부분이 있었다.

이장의 남자친구를 구합니다.

방송국에서 취재를 와서 이장에 대해 이것저것 물을 때마다 어르신들은 하도 똑같은 말을 반복하다 보니 이제 무슨 이야기를 해야 할지 모르겠다며 머쓱해하곤 했다. 그럴 때마다 나는 장난으로 이렇게 말한다.

"아니, 제일 중요한 애길 안 하셨잖아요!"

"뭔데?"

"이장의 잘생긴 남자친구를 구한다!"

이런 장난을 치면 다들 웃으면서 분위기가 풀어지거나 박장대소가 이어진다. 재밌어서 몇 번 반복했더니 이젠 따로 언급하지 않아도 어르신들이 먼저 알아서 남자친구 이야기를 해 주곤 했다. (뿌듯)

우리 마을 큰 도로변에는 우리 아빠를 정말 많이 닮은 순옥 어르신이 살고 계신다. 순옥 어르신도 우리 아빠와 잘 아는 사이였는데, 본인이 봐도 닮은 것 같다며 간혹 마을을 찾는 방송국 사람들에게 이장이 내 딸이라는 깜짝 카메라를 하기도 했다. (와중에 정말 닮았다는 반응도 있었다.)

우리 아빠를 많이 닮으셔서일까? 어느 겨울, 패딩에 우리 집 고양이 털을 잔뜩 붙인 채 입고 나갔더니 '방송에 이리 나가면 안 된다'며 돌돌이를 밀어 주는 모습이 영상에 담겼고, 많은 사람들이 우리 마을을 좋아해 주는 계기가 되기도 했다.

볕이 좋은 날 팽나무 아래에서 순옥 어르신과 한바탕 수다가 열렀다. 한 유우머 하시는 순옥 어르신에게는 특히나 남자친구에 관한 이야기를 많이 언급했다.

"우리 이장은 어떤 남자가 좋남?"
"일단은 내 눈에 잘생긴 남자요!"

이런 대화를 나누고 나면 다음 인터뷰에서 순옥 어르신은,

"우리 이장을 만날 잘생긴 남자들, 용암리로 연락 주시기 바랍니다."

하고 말하곤 했다. 입력과 출력이 확실한 분이다.

어머니들과도 함께 '이장의 남편감으로서 갖춰야 할 소양'에 대해 심도 깊은 토론을 나눈다. 통계 결과 성실함이 1위였고, 2위는 의외로 잘생긴 얼굴이었다. 어머니들과 추구하는 이성관이 같아 기뻤다. 오랫동안 보고 살 것이니 봐 줄 만한 외모가 중요하다는 것이 우리 마을 어르신들의 이야기. 다들 명심하시라!

많은 이야기가 오가지만 항상 이야기의 끝은 이장 남편의 입주

였다.

"이장이 시집을 가면 안 되고, 이장 남편이 장가를 와야 돼."

마을 어르신들의 이장 남편 유치에 대한 심층 토론은 내게 크고 확실한 행복을 안겨 준다. 내가 이 마을에서 없어지면 안 될 꼭 필요한 사람이구나, 하고 느끼는 것과 동시에 내게 수십 명의 가족이 생긴 것 같아 유독 더 기쁘다.

"그럼 이장은 언제 시집 갈 거야?"

앞집 윤자 어머니가 물었다.

"저는 괜찮은 사람 있으면 당장 내일이라도 할 거예요."

남자친구가 없으니 할 수 있는 소리였던 것 같다. 당장 결혼을 해 버리겠다는 속없는 이장에게 의외로 마을 어르신들은 '결혼은 천천히 하라'며 말리기 시작했다.

"최소 사계절은 봐야제."

"그래, 그래. 요새는 일찍 가면 바보야~ 이장 하고 싶은 것 다 해 보고 가."

"간다고 마음먹으면 다 가. 조급해 말고 찬찬히 봐."

어머니들의 말에 고개를 갸웃하며 대꾸했다.

"어무니들, 요새 젊은 사람들 결혼 안 한다고 난리인디, 한 명이 라도 간다고 할 때 빨리 보내셔야죠."

"아니여."

단호한 우리 어머니들은 그런 것보다 좋은 사람을 신중하게 만나 는 것이 더 중요하다며 철없는 나를 달랬다. 남자친구 생기면 한 번 봐 달라고 말했더니, 그럼 경로당으로 데리고 오라고 했다. 그 렇게 어르신들과 장난스레 대화를 나누며 지내던 어느 날, 내게 도 드디어 남자친구가 생겼다.

처음에는 남자친구 차에서 내리는 것도 조심스러웠다. 차에서 마 을 사람들을 마주치면 내가 내리기도 전부터 흐뭇한 표정을 짓고 있는 어르신들을 볼 수 있기 때문이었다.

'어르신들한테 언제 소개해 드리지?', '그나저나 소개를 하는 게 맞나?' 싶다가도 '그런데 왜 아무도 말씀 안 하시지?' 하고 생각해 보니 뭔가 이상했다. 분위기상 남자친구가 생긴 걸 마을 사람의 절반 이상이 알고 있는 것 같았는데 아무도 먼저 이야기를 꺼내지 않았다.

경로당에서 돼지머리를 삶은 어느 날, 어김없이 순희 어머니에게 전화가 왔다.

"이장, 머리 고기 삶았은께 경로당으로 와~"
"네~"
"그리고… 친구도 같이 올 수 있음 와."
"친구요?"
"그 차 태워 주는 친구 말이여."

남자친구 이야기였다. 혹여 내게 부담이 될까 봐 무척 조심스럽게 이야기하는 게 느껴졌다. 다행히 흔쾌히 수락해 준 남자친구와 경로당에 가서 함께 밥을 먹었다. 한층 분위기가 풀어진 경로당에서는 이 얘기 저 얘기가 오고 갔다.

"장가를 와야 해. 이장을 델고 가블믄 안 되고 장가를 와야 돼, 알겠지?"

조심스럽게 얘기하던 와중에 갑자기 불쑥 튀어나온 이야기였다. 남자친구에게 확답을 받아 낸 어르신들은 용건이 끝났으니 이제 바쁘면 가 봐도 된다고 말씀하셨다(?).

마을 길을 지나면 항상 차창을 내리고 인사하는 나 때문에 남자 친구도 같이 인사를 하기 시작했더니, 이제 어르신들은 멀리서 남자친구 차만 보여도 어르신들이 걸음을 멈추고 기다린다. 그렇게 용암리 마을 주민과 용암리 이장의 '이장 남자친구 유치 작전' 이 성공리에 마무리되고 있었다.

장난스레 이야기했지만, 난 매번 어르신들과 대화하며 반성한다. 어르신들은 항상 결혼을 해야 한다, 애를 무조건 낳아야 한다고 하실 것 같았다. 매번 나의 편견을 깨는 용암리 어르신들 덕에 사실 편견을 갖고 있는 건 나였다는 걸 깨닫는다. 이런 용암리에서라면 더 행복하게 살 수 있겠다고 오늘도 생각했다.

이장 델고 가블믄 안돼~

이장 남자친구
유치 대작전

웃으면 죽는다!

"어르신들이랑 있으면 재미없지 않아요? 역시 또래랑 놀아야 재밌죠?"

이장 일 하면서 많이 받는 질문 중 하나다. 하지만 나의 경우는 전혀 다르다. 우리 어르신들에게는 연륜에서 나오는 바이브로 묵직하게 날리는 유머 감각이 있다. 그래서인지 경로당에는 항상 웃음이 끊기질 않는다.

개인적으로 정말 웃긴 사람은 웃음기 하나도 없이 멘트를 날리는 사람이라고 생각하는데, 우리 마을에는 이런 유머에 소양을 가진 분들이 차고 넘치기 때문이다.

하루는 태풍이 완도를 지나가서 마을에 난리가 난 적이 있다. 다음 날 마을을 한 바퀴 돌면서 이상이 없나 둘러보는데, 그날따라 마을이 조용한 게 정말 무슨 일이라도 난 것 같은 분위기였다. 조용한 가운데 끼익 소리와 함께 순옥 어르신이 현관문을 열고 나왔다.

"아부지, 별일 없으시죠?"
"별일이 없긴 왜 없어."
"무슨 일 있으세요?"

미리 마을 비석도 묶어 놓고 이런저런 준비를 했건만 무슨 일이 생긴 걸까 순간 겁이 덜컥 났다. 이렇게까지 마을이 조용한 것도 그렇고 무슨 큰일이 났다고 해도 이상하지 않았다.
꽤나 심각한 표정으로 순옥 어르신이 입을 열었다.

"마을 사람들이 싹 다 날아가브렀어."

진지한 표정만 보면 진짜 같아서 잠깐 심각할 뻔했으나 터무니없는 말에 오히려 안심이 되었다. 그 말이 끝나자마자 경로당에서 어르신들이 우르르 나왔다. 태풍 때문에 경로당으로 대피했다고 한다. 다들 장난을 좋아해서인지 대화를 하다 보면 심심할 일이 없다.

점심시간이 되어 경로당에서 밥을 먹고 잔뜩 부른 배를 소화시킬 겸 어르신들과 수다를 떨고 있었다. 당시 경로당 티브이에선 막장 드라마가 나오고 있었다. 처음 보는 드라마일지라도 왠지 악역처럼 생긴 배우는 어김없이 악역이고, 이해가 어려운 부분은 어머니들에게 물어보면 지난 30화를 쉽고 빠르고 간단하게 알려준다.

그러다 갑자기 등장인물이 죽어서 장례식을 치르는 장면이 나왔고 그렇게 '장례식장'을 주제로 대화의 장이 열렸다(?).

"다들 몸 관리 잘해. 이번에 목욕탕서 누가 또 쓰러졌다드만."
"누구?"
"저 집 아부지."
"그래도 사람 있는 데서 쓰러져서 다행이네."

꽤 무게 있는 말들이 오갔다. 우리 마을은 독거노인의 비율이 높아서 경로당에 자주 나오지 않는 어르신들에게는 무슨 일이 생겨도 바로 알 길이 없다. 사람이 많은 곳에서 쓰러지는 것이 천만다

행일 정도. 쓸쓸하지만 정말이었다.

경로당은 그런 곳이다. 서로의 안부를 묻고 안위를 걱정해 주는 곳. 그렇기 때문에 혼자 사는 어르신일수록 귀찮아도 경로당에 자주 나오셔야 한다. 또래의 사람들이 하나둘씩 떠나는 나이, 어르신들은 죽음을 아무렇지 않게 이야기한다.

"그래서 그때 그 장례식장은 갔다 왔는가?"

"고민되네잉."

"근데 그 양반이 우리 시숙 장례식장엔 안 왔었어."

"오메, 그래?"

"그래! 안 가도 그 양반은 모른께 가지 말어!"

어르신들은 모두 빵 터지셨는데 같이 3초 웃다가 이게 웃어도 되는 건지 한참을 고민했다. 젊은이로서는 마음 놓고 웃기 힘든 말이다. 계속 웃어도 되는 건지 고민하는 사이 어르신들의 유우머는 계속되었다.

"서운하믄 지도 내 장례식장 오지 말라 해~"

2차 박장대소가 이어졌고, 그 사이 맥을 못 추는 나…. 오늘 하루도 69금 유우머를 듣고 있자니 개그 프로그램이 한낱 어린아이들 장난 같기도 하다. 오늘도 정신줄 꽉 잡고 어르신들의 유우머를 참아 내는 나는 불굴의 이장…!

누구든 진짜 개그를 알고 싶어지면 언제든 용암리 경로당으로 방문하시라! 인생 대선배들의 고단수 유우머에 넋을 잃을 테니! 몇 년이 지나도 서로 함께 웃고, 재미있게 지낼 수 있는 용암리만의 비법이다.

나는 어르신들을 만나고 미래의 내 모습이 기대된다. 이렇게 시간이 지나도 유머 감각을 잃지 않고 소소한 행복을 움켜쥐고 사는 삶을 점점 기대하게 된다. 그런 의미에서, 나랑 같이 고급 유머를 즐길 사람은 빠른 시일 내로 용암리로 오시길 바란다!

마을 사람들이
싹 다
날아가브렀어~

항상 웃음이
끊이지 않는 용암리

이장 지망생들에게

이장이 된 첫해 우연히 방송에 출연하면서 많은 사람들 눈에 띄게 되었다. 그때까지만 해도 잠잠했는데, 친구들과 함께 운영하는 단체 활동 덕에 우연히 서울신문 촬영을 하면서 갑자기 여기저기서 연락이 많이 오게 되었다.

'최연소 이장'이라는 이름으로 많은 연락이 왔다. 어쩌면 이런 닉네임도 금방 사라질 수 있을 거라고 생각했다. 나도 할 수 있으면 많은 사람들이 할 수 있다는 건데, 언젠가 금방 사라질 타이틀이라 생각했다. (심지어 바로 그다음 해에 '최연소'라는 기록은 깨졌다. 장수에 98년생 이장님이 계신다.)

그렇게 이장 임기 3년 차, 이런저런 방송에 나가다 보니 여러 반응을 마주할 수 있었다.

가장 먼저 악플.
터무니없는 인신공격부터, 저런 섬에 가면 안 좋은 일만 당한다는 둥 말도 안 되는 이야기들이 많았다. 오히려 그런 말도 안 되는 이야기들은 타격이 없는데, 수위는 높지 않더라도 그럴싸하게 포장한 말들이 내게 더 상처가 되었다.

이장 일을 하면서 더 큰 욕심이 생기는 것은 나쁜 것이 아니라고, 무엇보다 내가 하겠다고 마음먹은 이유가 옳은 방향이라면 문제없을 거라고 생각했는데, 사람들은 내가 좋은 일을 겪을수록 싫어하는 것 같기도 했다.

나도 힘들었지만 가족들도 함께 악플을 보며 각자의 방식대로 힘들어했다. '내 언니는 내가 팬다'며(?) 내 동생은 악플러들에게 반박하는 댓글을 달았다. 어렸을 때부터 자주 울고 다녔던 나 때문에 나를 괴롭히는 친구들을 패고 다니기도 했는데 다 큰 지금까지도 이러는구나. 그 사실이 웃기면서도 힘이 되었다. 이제 나름 논리까지 더해서 대댓글을 달고 있는 모습을 보자면 이러니저러니 해도 동생이 최고다 싶기도 했다.

엄마는 누구보다 속상해했다. 자랑스러운 마음에 몇몇 기사를 찾아보다가 악플을 본 이후로 속상해서 기사를 못 보겠다고 했다. 나 역시 나의 정신 건강을 위해서 한동안은 악플을 보지 않았다. 그래도 궁금한 건 참을 수 없어서 몇 번 찾아봤더니 나름대로 내성이 생겨서 지금은 많이 괜찮아졌다.

그리고 지인들.
누가 봐도 내 지인이 분명한 사람들의 의도 분명한 칭찬 댓글, 누군지 바로 알아보겠다. 속 보이는 내 지인들은 어른스러운 말투를 써 가며 본인이 아닌 척 위장하고 댓글을 단다. 그들의 댓글은 정말로 다 보았다. 늘 고마운 마음뿐이다.

선플.
악플을 덜 신경 쓸 수 있게 된 이유 중에 하나도 악플보다 몇 배로 많은 선플들 덕분이었다. 사실 내가 좋아서 용암리에 있을 뿐인 거고, 이장을 하고 있는 나보다 이장을 시켜 준 사람들이 더 신기하고 대단한 건데 대신 칭찬을 받게 된 것 같았다. 여담이지만 책을 쓰게 되었을 때 가장 기대했던 게 대단한 우리 마을 사람들이었다. 자랑을 하고 싶었는데, 충분히 자랑이 되었는지 모르겠다. 나시 한번 자랑한다! 여러분 우리 마을 최고죠?

마지막으로, 이장 지망생.

여러 반응을 접했지만 가장 신기하고 놀라운 반응이었다. 무엇보다 이번 이야기를 쓰게 된 이유이기도 하다. 내가 이장이 되고 나서 많은 사람이 이장 일을 하고 싶다는 댓글을 달았다. 이장의 나이가 어려서 걱정하는 사람들도 많지만 마을 사람들에게 예쁨 받는 내 모습을 봤기 때문인지 나에게 개인적으로도 연락을 취해 와서 이장이 되고 싶다고 할 정도로 '마을 이장'이 되고 싶어 하는 사람들이 있었다.

그래서 이번 목차는 수많은 이장 지망생들에게 나름의 팁을 전수해 주고 싶었다. 솔 이장이 말아 주는 이장 되는 팁!

　1. 좋은 이장님이 이미 있는 경우 직접 내려오시지 않는 경우 이장
　　되기가 하늘의 별 따기이다.

이장 일은 해가 넘어갈수록 능숙해진다. 이미 잘하는 이장님이 있다면 솔직히 그 마을은 포기하시라고 권하고 싶다…. 매년 완도읍에서는 '완도읍 이장단 한마음대회'라고 이장들의 사기를 북돋는 행사가 열린다. 거기에 모인 약 300명의 이장님들은 하나같이 끼도 많고 능력도 출중하다.

본인이 말하고자 하는 것을 잘 전달하는 것도 좋은 이장으로서 갖춰야 할 능력 중 하나인데 능력 좋은 이장님들을 보고 있자면 이장 정말 아무나 하는 건 아니라는 생각이 든다. 그렇기 때문에… 그 이장님이 힘들어서 자리에서 내려오기로 합의가 된 경우, 그 이장님의 서포트가 있는 경우, 혹은 그 이장님이 큰 잘못을 저지른 것(?)이 아니라면 정정당당 대결로 이길 수 있는 확률은… 아주 적다.

2. 어린 이장이 낯설다고요? 저 이전에도 어린 이장들은 많았습니다!

완도읍에는 점점 여성 이장의 비율이 많아지는데, 읍에서도 여성 이장 상사업비와 같은 사업들로 여성도 이장 일을 잘할 수 있다는 걸 보여 줄 기회를 만들고 있다. 그걸 본 근처 동네들에서도 '여자들도 이장이 될 수 있다'는 인식이 생겨 많은 사람들이 여성 이장 세우기에 관심이 많이 생겼다고 한다. 어린 이장 역시 그렇게 될 수 있다고 생각한다.

혹시 내가 이장직을 지내고 싶은 마을이 어린 이장을 세우는 것에 조금 소극적인 입장이라면 다양한 어린 이장의 사례를 보여줄 기회를 가지면 좋겠다. 물론 기회를 만들기조차 어려울 수도 있지만 다음에 어르신들 모시고 용암리 놀러 오면 제가 열심히 어필해 보겠다(?).

3. 사실 마을을 생각하는 마음이 최고 스펙!

다 떠나서 이장 일은 마을을 생각하는 마음이 최고의 스펙이다. 이후에 들은 거지만 마을 어르신들이 나를 믿고 이장을 맡길 수 있었던 이유 중 가장 큰 이유가 '어린 나이에 기특하게 마을을 생각하는 것'이었다. 많은 능력이 있으면 더욱 좋겠지만, 이장 일을 제일 잘해 낼 수 있는 스펙은 바로 마을을 생각하는 것이다. 관심이 있는 만큼 마을 일이 눈에 보이고, 마음이 있는 만큼 더 앞장서서 마을 일을 하게 되는 것 같다.

쓰고 보니 팁이 너무 당연하게 느껴지지만… 그래도 가장 말하고 싶은 건 어떤 마음에서라도 마을을 위해 일하려는 마음이란 이장이 되더라도, 되지 않더라도 칭찬받아 마땅한 일이라는 거다. 마을에서도 이런 마음을 귀히 여긴다면 더욱 예쁘게 볼 수밖에 없을 것 같다. 이장이 되고 싶은 사람들 모두 좋은 결과가 있길 바란다. 우리 모두 각자의 마을에서 파이팅!

여러분
우리 마을
최고죠?

마을 한글 학교 전시 준비

사랑하는 우리 마을

Part 4

언제까지
하나구요?

반가운 불청객들의 방문

나는 사람들이 완도에 관심 가져 주는 게 좋다. 내가 살고 있는 곳이 이렇게 좋다고 말할 수 있다는 사실도 기쁘고, 좋은 사람들이 완도에 올 수 있는 방법이 될 수 있다는 것도 좋다.

방송이 나가고 나서 전화가 정말 많이 왔다. 완도에 대해 궁금해 하는 사람들이 읍사무소나 군청을 통해 나에게도 연락을 해 왔기 때문이었다. 내가 운영하고 있는 프로그램에 대해 묻는 사람들이 있는가 하면 완도 여행 코스를 물어보는 사람도 있었다. 종종 다른 지역 이장님들에게도 전화가 온다.

"어떻게 하면 티브이에 나가요? 이장님이 연락하는 거요?"

답을 드릴 수 있으면 좋겠지만, 아쉽게도 나는 티브이에 나가는 방법을 모른다. 이런 질문을 포함해 정말 여러 종류의 다양한 질문을 받게 된다.

부러 마을을 찾아오는 사람들도 생겼다. 방송이 나가고 나서 우리 마을이 궁금하다며 구경을 오는 여행객을 보면 특히나 기쁘다. 나만 보던 멋진 장면을 다른 사람들도 알 수 있다니, 다들 완도에 오면 한 번쯤 우리 마을에서 산책해 보기를 권하고 싶다.

하지만, 정말 좋지만, 그래도 가끔 버겁기도 하다. 수많은 전화 중에는 완도 여행을 가는데 가이드를 해 줄 수 있냐는 사람들도 있고, 싼 숙소를 연결해 달라는 부탁이나 다른 부가 시설에서 할인을 해 줄 수 있냐는 이야기들도 있다.

처음에는 어디까지 해야 할지 적정선을 찾는 게 힘들었다. 사실 마음 같아선 여행 가이드도 해 드리고 싶다. 아무것도 모르고 완도에 오는 것보다 알려 주는 게 더 좋을 수도 있으니까. 좋은 기억으로 완도를 경험하셨으면 하는 마음이 컸다.
나름의 방법으로 가이드를 해 달라는 전화에, 여행을 도와주기 위해 한 시간 가까이 통화로 여기가 좋다, 저기가 좋다 알려 드리

기도 했다. 그런데 오랜 대화 끝에 돌아온 대답은,

"그냥 이장님이 완도에서 만나서 설명해 주시면 안 돼요?"

그 말을 들으니 힘이 빠졌다.

어느 날은 마을 경로당에서 재워 달라는 사람이 생기기도 했다. 간혹 마을 회관에서 잠을 재워 주는 사례들이 있긴 하다만 우리 마을은 인적이 드문 곳이 아니기도 하고, 마을 어르신들이 주로 사용하는 공간인 데다가 무엇보다 장소가 협소하다. 내가 미처 손 쓸 틈도 없이 사람들은 경로당에 찾아왔고 어르신들이 거절했다고 했다.

오히려 거절하시면서 더 마음이 불편해졌던 어머니들은 '씻는 곳이라도 제대로 되어 있었으면 고민해 봤을 텐데….' 하고 아쉬워했다. 그런 마음을 알 리가 없는 그 사람들은 요즘 시골도 옛날 정만 못하다며 돌아갔다고 한다.

우리 마을 사람들과 나는 사람들이 우리 마을에 찾아오는 게 기쁘다. 모두 진심으로 마을을 좋아하고 아껴서, 마을에 관심을 가져 주시는 사람들에게 감사한 마음뿐이다. 자주 있는 일은 아니

지만 이런 상황이 생기면 마을 사람들과 내 마음이 잘못 비추어
지는 것 같아 속상해지곤 한다.

언제든 완도에 대해, 우리 마을에 대해 궁금한 게 있으면 내 시
간이 허락하는 만큼 성실히 답할 수 있다. 하지만 마을이 궁금해
서 연락을 하거나 찾아오시는 분들에게 한 가지만 말씀드리고 싶
다. 우리 마을 사람들과 내가 더 많은 사람에게 우리의 마음을 보
여 줄 수 있도록 도와 달라고.
나뿐만 아니라 마을 어르신들도 마을에 대한 애정 어린 질문에는
언제든 기쁜 맘으로 답해 주실 거다.

비가 한 차례 완도를 휩쓸고 가면
그림 같은 하늘이 반겨 준다.

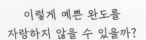

이렇게 예쁜 완도를
자랑하지 않을 수 있을까?

나는 사람들이
완도에 관심 가져 주는 게 좋다

어디까지 할 수 있는 거예요?

2022년은 내게 운명적으로 가장 큰일이 많았던 해였다. 1월에 용암리 이장 활동을 시작했고 무엇보다 '완망진창'이라는 청년 단체도 운영하기 시작했다.

나는 인정 욕구가 큰 사람이다. 남들보다 유독 칭찬 받기를 좋아하고, 내가 도움이 된다는 사실에 더 힘이 나서 움직일 수 있는 사람이었다. 사진관을 하게 된 데도 여러 이유가 있었지만 제일 큰 이유 중 하나가 '나 같은 여고생을 만들지 않기 위해서'였다. 지난 학창 시절 내내 완도를 싫어하지 않은 적이 없었다. 한없이 낡고 낙후된 곳이라 여기며 다시 돌아오기 직전까지도 나는 완도를 싫어했다.

이렇게나 완도를 사랑하게 되어 버린 지금, 나름대로 완도를 더 사랑할 수 있는 방법을 생각해 봤다. 어쩌면 그동안 너무 미워한 것에 대한 사과의 의미이기도 했다.

어느 날 완도군청에서 주최하는 문화 기획 수업에 동생 유진이와 함께 참여했다. '기획서를 잘 쓰는 방법을 배울 수 있지 않을까?' 하고 신청했는데 지역 문제를 문화적으로 해결하는 방법을 알려주는 수업이었다. 수업을 들으며 무엇보다 특이했던 점은 좀처럼 모르는 젊은 사람 보기가 힘든 완도에서 나보다 어린 약산 출신의 호진이를 만난 것이다.

문화 기획을 하라고 만든 자리임에도 나와 유진이와 호진이는 만나기만 하면 완도 뒷담화(?)를 했다. 이것도 사랑이라면 사랑이겠지. 애증이랄까?
그날도 '왜 완도에는 올리브영이 없는가'에 대해 심도 깊은 토론이 이뤄지고 있었다. '플리 마켓도 없고 어쩌구저쩌구' 하며 우리끼리 모여서 이야기하는데 그런 우리를 유심히 지켜보던 코치님이 한마디 툭 던졌다.

"그럼 너희가 만들어."

아무것도 몰랐던 무계획형, 대책 없는 MBTI P들은 진정하지 못했다. 특히 호진이와 나는 완도를 휘저어 보자며 신나 버렸다. 당시엔 단체 운영이나 공동체의 개념도 몰라서 그냥 우리끼리 팀이라고 말할 뿐이었다. 당시에 우리를 예쁘게 봐 주시던 군청 팀장님께서 팀을 만들었으면 한번 해 보라며 행안부 청년 공동체 사업을 알려 주셨다.

서류 준비로 끝이 아니었다. 고유 번호증? 그게 뭐지…. 말뿐이었던 팀을 구체화해야 했기 때문에 팀 이름과 대표를 정해야 했다. 그나마 나이가 제일 많은 내가 얼렁뚱땅 대표가 되었다. 이후로 팀 이름을 정하기 위한 회의를 시작했다.

우리 팀의 첫 회의였다. 시간은 지체되는데 도무지 좋은 이름이 나오지 않았다. 아무리 탈탈 털어 봐도 나오지 않는 아이디어에 정말 엉망진창이라는 생각이 들었다. 앗, 아무래도 이게 우리인가 보다!

"애들아, '완망진창' 어때? 완도 더하기 엉망진창. 우리!"
"진짜 싫어."

모두에게 차디찬 거절을 받았다. 시간이 더 흘러도 이렇다 할 이름은 나오지 않았다.

"진짜 괜찮은 이름 안 나오면 완망진창 어때?"

다들 설마 더 좋은 이름이 안 나오겠냐며, 몇 번 더 회의를 해 보고 그때까지 안 나오면 그러자며 수락했다.
두 번째 회의가 열렸다. 역시나 좋은 이름이 나오지 않았다. 몇 번을 더 생각해 보다가 갑자기 호진이가 입을 열었다.

"완망진창 어때요?"
"진짜 싫어."

유진이의 완강한 반대로 2차 시도도 물 건너갔다. 그래도 호진이까지 넘어왔으니 영영 사라져 버릴 의견은 아니었다. 그렇게 3차 회의가 열렸다. 몇 번의 아이디어 회의 끝에 우리는 결국 '완망진창'으로 이름을 확정 지었다.
처음 이 이름으로 고유 번호증, 서류 제출을 할 때 팀장님과 세무서 직원분들이 보인 반응을 잊을 수가 없다.

"어우, 이름이 이게 뭐야~"
"이름 이거 맞으시죠?"

좋은 반응만 있는 것은 아니었지만 나는 이 이름이 너무 맘에 들었다. 처음엔 비록 서툴지 몰라도 넘어지면서 시행착오를 겪는 모습이 우리를 잘 담은 것 같아서. 드디어 완망신창으로서 첫 일을 시작했다.

우리끼리 지도도 만들어 보고, 플리 마켓도 열고, 취미 수업도 하고, 유튜브 영상도 찍고, 어르신들에게 핸드폰 사용 방법도 알려드리는 등 여러 일을 했다. 하다 보니 신나서 플로깅 프로그램도 하고, 웹으로 사진 전시회도 열었다.
성취감도 있었지만 무엇보다 완망진창으로서 일을 하는 동안 주변 사람들이 이렇게 말했다.

"완도에서 이런 행사가 열린다는 게 신기해요."
"완도에 꼭 필요한 존재들이야."

누군가에게는 쉽게 할 수 있는 말들일지 몰라도 인정 욕구로 움직이는 나에게는 엄청난 힘이 되었다. 그렇게 나는 이장 일과 더

불어 완망진창까지, 완도에 친구들을 불러 모으기 위해서 여러 가지 일들을 하고 있다.

그래서 더 많은 사람이 '완며들게(완도에 스며들게)'끔 여러 가지 활동을 하고 있다. 그렇게 잘한다 잘한다, 칭찬을 들으며 일했더니 2023년에는 '전남형 청년 마을 만들기' 사업도 진행할 수 있었다. 1년 동안 청년 마을을 구성하고 외부에서 청년들을 모집해 한달 살기를 제공하며 참여자들과 함께 전시와 플리 마켓 행사를 열었다. 몇 줄의 글에 다 담기에 아쉬울 정도로 친구들을 열심히 모았다.

나는 지금까지도 여러 가지 프로그램을 기획하고 운영하고 있다. 아무것도 몰랐던 완망진창 멤버들은 아직까지 친하게 지내며 함께 일하고 노는 사이가 되었다. 지금은 내 회사의 동료 직원이자, 완도의 몇 안 되는 친구들이다.

완망진창 활동을 하면서 보람을 느끼고 내가 어디까지 할 수 있는지 한계를 두지 않을 수 있게 되었다. 내가 어디까지 할 수 있을까? 이것저것 저질러 보고 만들어 보는 나는 그간 마을 어르신들에게 예쁨 받고 완망진창 활동을 하면서 서울에서는 보지 못했던 내 모습들을 발견하게 되었다.

이 세상에 멋진 사람들이 가득하다는 이유로 진짜 나를 봐 주지 않던 서울에서의 모습은 온데간데없고, '나도 이런 걸 만들 수 있는 사람이었구나.' 몸으로 부딪치며 깨닫고 있었다. 그래서 더 많은 사람들에게 완도에 오라고 말하고 싶다. 나를 필요로 하는 곳에 머물면서 내가 어떤 사람인지 한계 없이 해 나가는 모습을 같이 확인할 수 있으니까.

조금 더 선명한 나를 느껴 보기 위해서 완도에 꼭 한번 와 보라고 하고 싶다. 꼭 완도가 아니더라도 내가 살 수 있는 지역과 마을을 찾아 한계를 두지 않고 나를 찾는 계기가 되었으면 좋겠다.

우리는 뭐든 할 수 있으니까, 그걸 확인할 기회를 만들어 보자! (그게 완도면 더 좋고.)

8844
플리 마켓

우리는 뭐든 할 수 있으니까,
그걸 확인할 기회를 만들자!

완망진창 사무실

행복을 부르는 완도

나는 잘 쌓은 추억을 하나씩 두고두고 잘 곱씹으며 그 기억에 의
존해 힘을 내곤 한다. 내가 그동안 완도에서 쌓은 추억들을 여러
분에게도 보여 주고 싶다.

휴가차 왔던 완도에서의 아름다운 풍경

사람들은 모두 여행을 가면 멋진 사진을 찍고 싶어 한다. 난 완
도 사진을 찍은 적이 없었다. 그간 예쁘다고 느낀 적도 별로 없
다. 삐뚤어진 마음으로 떠난 완도 여행에서 필름 카메라를 들었
다. 따분하고 지루했던 완도가 카메라 속에 멋진 바다로 담기다
니, 그 기억이 아직까지 남아 지금까지 동네방네 완도 자랑을 하
게 만드는 건가 보다.

일출은 서부, 일몰은 동부

유독 손님이 전혀 오지 않아 장사는 죽 쑨 평일 어느 오후, 밥은 배불리 먹었는데 밥값을 다 못한 채 이대로 가게에 계속 앉아 있는 것이 오히려 돈 낭비다!라는 말도 안 되는 생각을 했다. 불현듯 동생에게 드라이브를 가지 않겠냐고 제안했고 동생도 흔쾌히 수락했다.

해 질 무렵에 떠난 동부 드라이브, 고개를 넘자마자 펼쳐지는 넓은 바다가 그렇게 황홀해 보일 수 없었다. 멋진 공간에 살고 있다는 걸 계속 확인하는 기분. 언젠가 이런 멋진 장면도 감흥 없이 느껴지는 날이 올까? 차분히 생각했다.

이름도 완망진창

어떻게 해야 할지 몰랐던 첫 플리 마켓 행사, 물건을 옮기는 방법을 고민하다가 쓰레기 봉지며 집에 있는 소쿠리를 몽땅 가져다 짐을 옮겼다. 한 100명 정도 와 주시겠지, 생각했던 행사에 300명이 방문하게 되면서 당장 감사 인사를 남겨야 한다며 널브러진 짐을 뒤로하고 팀원들과 사진을 남긴 날. 완망진창 그 자체다.

빨갛게 물든 플리 마켓 날 저녁

한 달도 넘게 준비한 플리 마켓 날, 일주일 전부터 비 예보가 잡혀서 노심초사했다. 비를 맞더라도 '에라 모르겠다' 하고 준비했는데 다행히 비는 오지 않았다. 하늘이 고생했다고 말해 주듯 모든 걸 마무리하는 행사였던 플리 마켓의 하늘은 말도 안 되게 예뻤다.

망남리 바다를 떠다니는 오리 한 마리

탐조를 좋아하지만 일에 이리저리 끌려다니다 보면 언제 새를 봤는지 기억도 안 난다. 한동안은 오기가 생겨서 차에 쌍안경을 넣고 다녔는데, 왜가리나 직박구리만 잔뜩 보이던 바다에 갑자기 검은 오리 한 마리가 떠다녔다. 이름도 신기한 '붉은부리흰죽지'. 숨을 죽이고 야생 새를 보는 것은 쉬어 가기에 딱 좋은 취미이다.

눈이 잔뜩 쌓인 날, 눈사람 만들기

2년 전부터인가, 완도에 점점 눈이 많이 오기 시작했다. 눈 한 번 보기 힘들던 곳이었는데 어느 겨울부터 하늘에 구멍이 뚫린 것처럼 눈이 잔뜩 오기 시작했다. 눈 볼 일이 별로 없던 완도 주민들은 신난 구석도 있다. 물론 용암리에서는 전날부터 제설제를 확보하느라 바쁘지만. 그래도 눈이 잔뜩 온 아침은 놓칠 수 없으니까, 눈을 뜨자마자 동생들을 불러 눈사람을 만들었다. 곧 30대가 되는데 눈싸움이 즐겁다니 큰일이다.

수많은 어머니들 사이 노인회장님

어머니들끼리 얘기를 나누다가 서로 옷을 바꿔 입어 보자는 얘기가 나왔다.
"뭐 어짠데요."
안에 내복을 입었으니 상관없다며 옷을 벗기 시작하는 어머니들과 마스크를 올려 눈을 가린 노인회장님. 이러니 개그 프로그램이 없어지지!

우리 집 아래에는 알파 메일이 산다

오늘따라 잔뜩 멋진 영옥 아부지. 어디 가시냐고 물으니 집에 간다고 하셨다. 오늘 너무 멋지니 포즈 한번 취해 달라고 부탁드렸더니 잔뜩 멋있는 포즈를 취해 준다. 평소에도 우리 마을의 알파 메일(강한 남성상을 일컫는 신조어)로서 마을에 문제가 생기면 어디선가 드릴을 갖고 나타난다.

이장의 포즈 제안이 당황스러운 마을 사람들

마을 어르신들의 사진을 찍으려고 경로당 멤버들을 모았다. 자, 앞에도 보시고, 옆에도 보시고, 웃으세요! 앞까지는 그러려니 했는데 왜 다 같이 옆을 보고 찍냐면서 이해가 안 되지만 순순히 촬영에 응하는 어르신들이다.

이 장면들에 의존해서 나는 더 좋은 장면을 쌓아 나간다. 무너지기 쉬운 날, 이런 기억들로 행복의 근육을 조금씩 단련한다. 그렇게 조금 더 단단해져 간다.

플리 마켓이 끝나고

시작이 엉망진창일지라도,
완망진창!

마을에
문제가 생기면
어디선가 나타나는
영옥 아부지

네가 앞집 산다던
처녀 이장이냐?

눈사람 만들기

마스크로
눈을 가린
노인회장님

맥가이버 영옥 아부지

사람을 구합니다

앞으로 '도' 완도에서 잘 살고 싶다는 말은 지금까지 잘 살고 있다는 말이기도 하다. 그렇다. 나는 완도에서 재미있고 또 치열하게 지내고 있다. 왜 그런지 생각해 보면 업무적으로도, 정신적으로도 풍족하기 때문인 것 같다.

완도로 내려오면서 일이 없어지고 내 꿈이 작아질까 봐 걱정을 해 왔지만, 걱정이 무색하리만큼 완도에서 많은 일을 하고 있다. 종종 일에 깔려 죽을지도 모른다는 생각이 들 정도로. 또 놀기도 많이 놀고 있다. 서울에서 했던 '잘 먹고 잘 살기'의 균형에 대한 고민을 완도에서도 할 수 있다는 사실이 기쁘다. 가끔 밤을 새며 일할 때, 터무니없지만 '완도에서도 밤샐 일이 있네' 하면서 기쁘기도 하다. 먹고살 걱정은 안 해도 된다는 거니까.

무엇보다 내가 완도에서 잘 지낼 수 있는 건 내 옆에 있는 많은 사람들 덕분인 것 같다. 나 역시 사람들 때문에 완도에 정착하고 있다.

누구보다 완도에 내려오는 나를 걱정했지만 단 한 번도 내려오거나 올라가는 나를 말린 적이 없던 맘고생 심한 우리 엄마, 나 때문에 고생이란 고생은 다 하면서도 늘 나를 생각해 주는 동생 유진이, 마을 일의 최고 사수 우리 주이규 노인회장님, 늘 서투른 이장 때문에 고생하는 부녀회장님을 포함한 우리 용암리 어머니 아버지들, 완도의 언니, 오빠, 동생, 이모, 삼촌 덕에 나는 오늘도 완도에 정착 중이다.

그런 나와는 달리 많은 청년이 하나둘 완도를 떠나고 있다. 우연히 완도를 떠날 사람들과 자리를 함께한 적이 있었는데, 내일모레 광주로 올라간다던 그 사람이 말했다.

"유솔 씨 같은 친구만 더 있었어도 조금은 버텼을 텐데 아쉬워요. 완도에는 다양한 사람이 없으니까, 친구 사귀기도 힘들더라고요…."

완도는 수산업, 어업이 발전된 곳이다 보니 관련 업종에 종사하는 친구들이 많다. 농업, 수산업, 어업 등이 완도에 가장 많은 업종이고, 이 외엔 공직자의 비율이 높았다. 다양한 직업군을 보기 힘든 완도에서는 당연히 다양한 친구들을 만나기도 어렵다. 다행히 나는 동생과 같이 내려오기도 했고, 학창 시절을 완도에서 보낸 덕에 그나마 넓은 폭의 친구들을 사귈 수 있었다.

그나마 운이 좋아서 좋아하는 사람들과 함께하고 있는 나도 완도에 사람이 부족하다고 생각했는데, 다른 사람들은 얼마나 더 크게 느껴졌을까? 뭘 할 수 있을까, 고민하다가 내가 정착하는 데 이유가 되어 주었던 완도 토박이 친구들을 만나 '완망진창'이라는 팀을 만들게 된 것이다. '모인도'라는 청년 마을을 만들어 완도 한 달 살기를 기획하고 운영한 것도 그런 이유에서였다. 완도 한 달 살기뿐만 아니라 플리 마켓도 운영하고 전시회도 하면서 더 많은 청년을 모았다.

한 달 살기가 끝나고, 프로그램을 통해 3명의 참여자가 완도에 정착했다. 그중 한 분은 바다가 가까운 시골 마을에 자기를 닮은 멋진 가게도 여셨다.
맞다. 이건 나의 목적을 위해 여러분들을 완도에 모시고 오고자 하는 내 '빌드 업'이다.

좀 멀긴 하지만… 일단 한번 오면 또 생각날 곳이다. 한두 번씩 오면 한 달을 살고 싶어지고, 그렇게 한 달을 살다 보면 여기 영영 살고 싶어질 거라 믿는다. 한 명 두 명 내려오면 나도 완도에 더 살고 싶어질 테고, 모두가 살고 싶어지는 공간이 될 거다. 사람들이 가득해지면 다른 좋아하는 사람들도 데리고 올 수 있는 공간이 되는 것이다.

완도로 내려온 사람들의 계기를 들어 보면 다들 엄청 특별하지 않다. 나만 해도 싫다고 생각했던 완도의 풍경이 멋있게 느껴져서였다. 어떤 사람은 단지 바다가 예뻐서 오기도 한다. 그렇게 별것 아닌 이유로 살고 싶어질 수도 있다.

그렇게 완도에, 좋아하는 사람들이 가득한 공간에 사는 사람이 된다. 개인적으론 완도는 초여름이 가장 예쁜데, 그때 한번 완도에 와 보면 어떨지 제안해 본다. 그렇게 한 번 오면 또 오고 싶어지실 테니 마음을 단단히 먹고 오면 좋겠다. 나는 언제든 완도에서 기다리고 있을 테니 용암리경로당 문을 두드리셔라.

청년 마을 한 달 살기를 통해
완도에 정착한 린다 님 가게

좀 멀긴 하지만…
일단 한번 오면
또 생각날 곳이다!

진실을 알려 드릴게요

사실 이장이 되고 1년 가까이 누군가 내게 직접 물어보기 전까지는 이장이라고 얘기하지 않았다. 물론 말하지 않으면 아무도 모를 것이기도 했고, 말해도 별로 믿는 눈치는 아니었다.

처음 친구들에게 이장이 되었다고 말했을 때도 '게임 닉네임'이냐고 묻기도 했으니까. 내가 이장이라고 소개하면 다들 생각보다 크게 놀라며 말을 아꼈다. (아마 신기해서 그러셨을 것 같다.)

나는 MBTI로 따지면 E(외향형)와 I(내향형)의 비율이 비등비등해서 그런지, 가끔 대화가 길어지는 게 힘들 때가 있어 굳이 말을 안 꺼내기도 했다. 주목은 받고 싶지만 나서서 주목받고 싶지 않은 기분…. (많은 사람들이 알아주실 거라 믿는다.)

그러다 우연한 계기로 KBS 〈일꾼의 탄생〉이라는 프로그램에 잠깐 나가게 되었다. 이장이 되자마자 나갔던 터라 이장 같지도 않았고, 이장 일도 잘 몰랐다. 당시에는 아무도 내가 방송에 나온 줄 몰랐다. 방송을 본 사람도 별로 없었고, 보고 나서도 의외로 다들 별로 놀라지 않았다. 근데 나는 너무 신기해서 몇 번이나 내가 나온 클립을 찾아 봤다. ('관종'이라는 증거인 것 같다.)

그렇게 이장인 듯 이장 아닌 듯한 삶을 살았는데 단체 활동을 하면서 서울신문에서 인터뷰 영상을 찍게 되자 점점 많은 곳에서 연락이 왔다.
〈아침마당〉, 〈세바시-세상을 바꾸는 시간, 15분〉, 〈무엇이든 물어보살〉 등 공중파뿐만 아니라 유튜브 영상에도 많이 올라오게 되었다. 긴장하는 티가 안 나서 그렇지, 몇 번을 찍어도 방송에 나가는 건 어색했다. (근데 확실한 건 싫진 않았다.)
실제로 고민이 있어 방송에 나가기도 했지만 주변에서는 관심받고 싶어서 자꾸 나가는 거냐, 하고 안 좋게 보는 사람들이 생겼다. 많이들 궁금해하는 것 같아서 말하자면 그때 방송을 통해 털어놓았던 고민은 많이 해결되었다.

나는 관심받는 게 좋다. 초등학생 때부터 늘 멋진 사람이 되어 티브이에 나오겠다는 망상을 많이 해 왔으니 뼛속부터 관종일 확률이 높다. 멋진 사람이 되어 방송에 나오겠다고 다짐했는데, 방송 출연 이후 조금 속상했던 건 아마 내가 아직 그렇게 멋지지 않은데 주목을 받게 되어서, 정도일 것이다. 무엇보다 '관심받고 싶냐'는 말을 들을 때마다 생각해 보았다.

'관심받고 싶은 게 왜 나빠?'

곰곰이 생각해 봐도 관심받고 싶은 건 나쁜 게 아니다. 그래서 관심받는 것을 포기하지 않기로 했다. 관심을 주시는 데까지 열심히 받아 볼 예정이다.

이제는 어디서든 곧잘 이장이라고 말한다. 아직도 부끄러울 때면 이장이라는 말을 아끼기도 하지만, 한 해가 지날수록 제법 이장다워지는 것 같아서 조금씩 당당하게 소개하는 날이 더 많아졌다. 미디어에 비추어지는 나는 밝고 특이한 사람으로 보일 때가 많은데 실상은 그렇지 않다.

직업이 특이하다고 해서 내가 특별한 사람인 건 아니다. 사실 나는 무척이나 평범하다. 평범하게 살기 너무 싫지만, 냉정하게 말하자면 평범한 사람 중 한 명이다. 개성 있게 살고 싶지만 마음처럼 쉽지 않아서 매일 아쉬워하는 그런 사람 중에 한 명이다. 그리고 많은 사람이 예상하는 것처럼 극 외향적이지도 않다. 오히려 방송을 본 내 주변 사람들이 놀랄 정도였다.

지난달에는 중학교 3학년 때 담임 선생님께 전화가 왔다. '우연히 네가 어떻게 살고 있는지 보게 되었는데 엄청 놀랐다'고, '소심하고 순해서 말도 잘 안 했던 걸로 기억하는데 어떻게 그렇게 변했냐'고 장난스레 말씀하셨다. 당시에 나는 낯을 많이 가리고 수줍음이 많아서 친구네 집 초인종도 잘 못 누르는 아이였다.

물론 먹고살아야 하니 낯을 가리는 성향을 많이 드러내지 않지만 아직도 갑자기 주목받는 게 부담스러워 말을 아낄 때가 종종 있다. 다들 내가 생존형 외향성인 건 모르지 않았을까? 아무튼 모두의 예상을 깨고 나는 가끔 엎치락뒤치락하는 MBTI를 갖고 있다. 종종 낯도 가리고, 관심받고 싶다는 티는 내기 싫은 관종이다.

이렇게 평범한 내가 특별한 순간을 갖게 된 건 결정적인 타이밍에 복잡한 고민을 하지 않았기 때문인 것 같다. '나한테 이건 손해고 이건 이득이겠지?' 같은 고민을 하니 오히려 더 후회가 많이 남았던 나는 무언가를 시도할 때 고민조차 하기 싫을 정도로 그 일이 하고 싶다면 나중이 걱정이 되더라도 해 왔다.

그런 순간들이 차곡차곡 쌓이다 보니 이런 모습이 된 것 같다. 아직도 나는 고민하는 게 싫을 정도로 하고 싶은 일이 생기면 고민하지 않고 하고 싶은 대로 하는 편이다. 지금 당장은 '괜히 했다', '생각이 짧았다' 싶을지라도 그런 일들이 언젠가 나를 특별한 사람으로 만들어 주기 때문이다. 나는 그런 내 모습이 좋다. 의도하지는 않았지만 좋아하는 걸 하다 보니까 남들이 하지 않은 걸 하고 있는 내 모습이 내가 찾던 특별함이라, 앞으로도 지금처럼 하기 싫은 고민은 적당히 안 해 볼 예정이다!

나는
그런 내 모습이
좋다

관심받고 싶은 게
왜 나빠?

용암리 드림(Dream)

이 글을 읽는 분들에게만 나의 노후 계획을 공유해 드릴까 한다. 우선 청년 김유솔의 콘셉트는 '최첨단 시골인'이다. 시골을 좋아해서 시골에 살고 있지만 나는 은근히 디지털을 좋아하고 동경하는 사람이다. 자연에서 편안함을 느끼지만 이제 스마트워치를 차고 출근하지 않으면 불안할 지경이다. 무엇보다 시골에서도 최첨단(?)으로 사는 게 가능하다는 것을 몸소 실천하고 있다.

실상은 조금 터무니없다. 닌텐도 스위치를 사서 큰 티브이에 연결해 두고 게임을 한다든지, 남들 다 하는 생산성 앱을 공부해서 잘 다룬다든지. 대단한 건 아니지만 거창한 이름을 붙여 보았다.

내 중년 콘셉트의 이름은 아직 못 정했다. 하지만 계획은 있다. 나는 20대 중반부터 괜찮은 이성이 있다면, 상대방이 허락한다는 가정하에 내일모레라도 결혼을 하겠다고 다짐해 왔다. 물론 시간이 지나면서 차츰차츰 현실을 반영하게 되었지만.

'결혼은 아무래도 우리 마을 팽나무 밑에서 하는 게 좋겠지?'라고 2년 동안 생각했는데 올해 여름 문득 그런 생각이 들었다. 결혼식 때문에 앞뒤로 마을 길을 통제하면… 결혼식이 내 장례식이 되어 그대로 무덤으로 들어가야 할지도 모른다. 행복하자고 하는 결혼식에 민원이 폭탄처럼 터진다면 그대로 이장직에서도 퇴사하겠지? 싶은 마음에 다른 장소를 찾고 있다.

모든 계획은 사실 '이 이름'에 철저히 맞춘 계획하에 준비되고 있다. 내 최종 인생 계획은 바로 '히피 할머니'이다. 집 없이 살고 싶은 건 아니고… 히피 같은 느낌으로 살고 싶다.

뜨개질도 하고, 일렉 기타도 배우고, 입고 싶은 옷들을 전부 입으면서 용암리의 왕고가 되어 있는 내 모습을 상상한다. 오래된 닌텐도 스위치를 두드리며 '동물의 숲'을 하다가 젊은 청년이 어쩌다 우리 집에 방문하면 맛있는 커피도 좀 내어 주고, 내 입이 아닌 주변 사람의 입을 통해 내가 왕년에 최연소 이장이었다는 사실을 흘리듯 들려주고 싶다.

여기서 포인트는 남의 입을 통해서 최연소 이장이었다는 사실을 말하는 것이 아니라 그 이야기 속 배경이 바로 용암리인 것이다. 모든 계획의 공통점은 '용암리'이다. 용암리에 온 이래로 나는 여기에 계속 살 궁리만 하고 있다.

청년 김유솔의 첫 번째 계획 속 배경이 용암리여야 하는 이유는 내가 위안을 느끼는 자연이 가까이에 있는 마을이라서다. 탁 트이고 시원하게 보이지는 않지만 지금 살고 있는 안방 창문으로 바다가 보인다. 매일 아침 눈을 뜨면 창밖의 바다를 보며 잠을 깬다. 정신없이 하루를 보내다가 여유가 잠깐 생기는 참, 해 질 녘에 옥상에 올라가 커피를 마신다. 노을에 노랗게 물드는 마을을 보면서 마시는 커피는 용암리에 계속 살고 싶게 하기에 충분하다.
잠깐 놀러 왔을 때는 볼 수 없는 풍경들이 큰 매력으로 다가온다. 1년이 지나고 2년이 지나도 전혀 질리지 않아서, 살아 보며 발견하는 모습이 더 멋있는 경관을 가진 마을이다.

두 번째 중년 계획에서도 용암리인 이유는… 사실 우리 마을 사람들이 내 결혼식에 와 주었으면 하는 바람 때문이다. 오히려 축의금은 받지 않더라도 잔치국수를 왕창 끓여서 어르신들께 대접

하고 엄청난 축하를 받고 싶다. 그때까지도 어르신들의 칭찬을 받고 싶어 하는 철없는 나의 모습이 내 중년의 계획으로 자리 잡았다.

준비물도 준비물이지만 앞서 언급한 통행 관련 민원 이슈로 지금은 많이 포기한 상태. 팽나무 아래는 포기해도 어르신들은 포기할 수가 없어서 최대한 방법을 찾아보고자 하는 의지이자 욕심… 그게 바로 용암리를 향한 내 마음이다.

세 번째 계획에서도 용암리이고 싶은 건, 내가 나이 들었을 때 용암리 어르신들의 모습을 얼추 흉내 낸 내 모습으로 남아 있길 바라기 때문이다. 어르신들을 닮은 따뜻한 모습이지만 여전히 관심받고 싶어 하는 내 모습. 용암리와 내가 섞인 모습이니까, 그때까지 용암리에서 잘 지내 보고 싶다.

다들 어디서 살고 싶은지 궁금하다. 나의 노후를, 남은 시간을 어느 동네에서 보내고 싶은지, 어떤 이유로 그렇게 살고 싶은지. 나는 용암리에서, 용암리 사람들처럼 지내고 싶은데 말이다.

세수도 안 하고
주도에 있는
새 관찰 중

좋아하는 사람들과
보내는 시간

지혜로운 시골 생활

책을 쓴다고 했을 때 가장 좋았던 부분이 있다. 최연소 이장이라 거나 고향으로 다시 돌아간 청년이라는 이름으로 과분하게 주목 을 받아 왔지만 사실 난 별로 특별한 사람은 아니다. 늘 특별해 지고 싶었지만 정작 스스로 특별하다 인정한 적은 별로 없는 것 같다.

내가 이장이 될 수 있었던 이유는 할아버지 '빽'도 아니고, 전 이 장님께 캐스팅되어서도 아니다. 그 두 가지가 일정 부분 영향을 끼쳤을지는 몰라도 내가 이장이 될 수 있었던 가장 큰 이유는 우 리 마을 주민들이 나를 이장으로 받아 주었기 때문이다.

2022년부터 지금까지 이장을 할 수 있었던 이유는 아쉬운 구석이 많더라도 내가 성숙한 이장이 되길 기다려 준 마을 주민들이 있어서다. 내가 특별해 보일 수 있던 건 오히려 특별한 마을 주민들 덕분이다.

내가 어리숙하고 부족한 모습을 보일 때는 손녀처럼, 중요한 일을 선택하고 이야기를 나누어야 할 때나 남들에게 내 이야기를 전할 때면 마을의 큰 어른처럼 대해 주는 마을 주민들이 있기 때문에 나는 이장이라는 이름으로 남들에게 특별해질 수 있었다.

나는 그렇게 용암리 이장으로 용암리에 살면서 완도에 더 '잘' 살고 싶어졌다. 아니 정확히 '용암리에서' 잘 살고 싶어졌다. 지금의 마을 주민들처럼 서로 가까이 지내며 정을 나누고 싶어졌다. 서로 안부를 묻고, 계산 없이 정을 나누고, 기쁜 일은 같이 기뻐하고 슬픈 일은 같이 슬퍼하며 그렇게 지내고 싶다.

멋진 주민들 덕에 과분하게 주목을 받아 왔다. 몇 편짜리 영상에선 보이지 않는 부분이라 항상 하고 싶었던 이야기들을 드디어 말할 수 있어 너무 기쁘다.

그런 우리 마을 주민들의 이야기를 많은 사람에게 보여 주고 싶었다. 당장 옆집에 누가 사는지도 모르는 세상에서, 서로 불편함만 토로하고 정을 나눌 기회는 점점 줄어 가는 요즘, 다들 옛날과

는 달리 정을 느끼기 힘들다고 토로하는 지금 가장 필요한 가치
는 '용암마을 사람처럼'이 아닐까?

누군가는 상대방이 나에 대해 많은 것을 알게 되어 부담스러울
수 있다. '무조건 이웃들이랑 가깝게 지내야 해!' 하고 강요하고
싶은 건 아니다. 그저 지치고 외로울 때 필요한 이런 온기가 아직
남아 있다는 걸 알려 주고 싶었다.

언젠가부터 나는 '우리 마을'이라는 말을 정말 많이 쓴다. 그만큼
마을을 가깝게 여기고 있구나, 하고 느끼게 될 때가 많다. 예전엔
나 역시 너무 많이 잘해 주면 내가 손해겠지, 생각하며 내 마음을
아낄 때가 많았는데 이젠 우리 마을 사람들처럼 좋은 게 생기면
다른 사람들이 생각난다. 이제야 진짜 용암리 사람이 된 걸지도
모르겠다.

이렇게 따스하고 좋은 우리 마을이지만 우리 어르신들 아래 세대
로는 사람들이 없다. 당장은 건강해 보이는 어르신들도 어느 날
부터 보이지 않으면 병원에 가셨거나 요양원으로 가시는 일이 허
다하다. 그렇게 어르신들도 한두 분씩 마을을 떠나곤 한다.

마을이 점점 작아지고 있다. 마을 안에서의 내 바람이 있다면 이 따뜻한 마음들로 용암리에 오는 많은 사람들을 물들이고 싶다는 것이다. 이런 온기를 유지하는 마을로 오래오래 지키고 싶다. 내가 더 이상 이장이 아니게 되어도 그런 모습으로 남아 있는 우리 마을에서 오랫동안 살고 싶다.

막연히 좋은 사람들을 마을로 불러 모으는 일이 전부가 아니라, 그런 사람들이 마을에 올 수 있게끔 잘 마련해 보려고 한다. 내가 오랫동안 이 마을에서 재고 따지는 계산을 하지 않아도 되게끔 따뜻하게 마을을 유지하고 싶다.

앞으로도 잘 살 수 있는 방법은 내가 좋아하는 공간에서 사는 것이다. 그렇게 주변을 좋아하는 것, 따뜻한 것들로 가득 채워 나가다 보면 멀리 가지 않아도 행복이 지천에 널려 있게 되겠지. 그래서 내가 사랑하는 '우리 마을'을 자랑해 본다.

꼭 완도가 아니더라도(완도면 더 좋겠지만) 후보지에도 없었던 완도에서 살게 된 내 이야기를 들려 드리며 이 책을 읽는 많은 분들도 본인이 사랑하는 '우리 마을'을 찾아서 더 '잘' 살고 싶은 하루가 되기를 바란다.

우리 마을이 상 타러
도청에도 와보고 출세혔네~

청정전남
으뜸마을 우수상

우리 이장이 손녀 같아도
마을의 큰 어른이지~

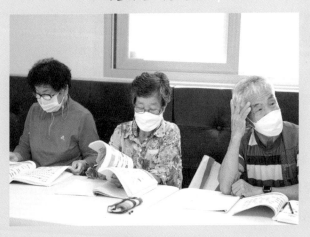

Q&A

용암리 어르신들에게 묻다!

경로당 메인 멤버 6인 소개

최순희
어머니
1945년생. 경로당 왕언니이자 부드러운 카리스마
왕언니지만 배움에 대한 욕심도 최고인 열정 부자

김윤자
어머니
1949년생. 기가 막힌 손맛으로 이름 날리는 용암리 장금이
보는 사람까지 기분 좋아지는 유쾌한 웃음의 소유자

김윤례
어머니
1951년생. 전 부녀회장님으로서 마을 일에 모르는 게 없는 용암리 박사
세상에 관심이 많아 요새 젊은 사람에 대해서도 빠삭한 트렌디 할머니!

구춘임
어머니
1950년생. 저 멀리서도 누구든 반갑게 맞아주시는 분위기 메이커
구춘임 어머니 인사는 한번 보면 절대 못 잊는다!

이옥남
어머니
1949년생. 대문자 I 수줍음이 많은 어머니
조용하시지만 늘 마을 일에 참여해 주시는 확실한 존재감!

강봉심
어머니
1946년생. 기면 기고, 아니면 아니고!
(MBTI) T적인 면모 가득하지만 속은 누구보다 따뜻한 어머니

Q 어머니들 제가 우울한 일이 있어서 빵을 샀어요.

A 최순희 어머니 빵? 빵을 좋아하까?

김윤자 어머니 냉장고에 있는디, 빵.

강봉심 어머니 빵이 어디 있는데?

이장 어머니들 MBTI라고 아세요?

최순희 어머니 엠비티? 그게 뭐대? 우리덜은 그런 것 몰라.

김윤례 어머니 우리 승리(중학생 손녀)가 얘기했던 것 같은디.

이장 옛날 혈액형처럼 사람 성격을 유형별로 나누는 거예요. 그중에서도
F는 감정을 중요시 생각하는 거고, T는 이성을 중요시 생각하는 거예요.

최순희 어머니 나는 F고만.

강봉심 어머니 나도 사람의 마음을 헤아릴 줄 안께, F네.

구춘임 어머니 나도 사람의 마음에 공감을 잘하는 편이여.

김윤자 어머니 모두 다 F고만.

성격 유형 테스트라는 걸 충분히 설명했음에도 불구하고, 빵의 행방을 찾다
가 대화는 끝이 났다. 그래도 마음만은 TTㅏ뜻한 용암리 할머니들.

Q 어떤 이성을 만나면 좋을까요?

A 강봉심 어머니 사람마다 보는 과정이 틀린께, 처음 볼 땐 얼굴을 볼 수밖

에 없지. 얼굴에 어떻게 살아왔는지 나타난께.

김윤례 어머니 성격을 봐야제.

최순희 어머니 이장은 어떤 남편을 만나고 싶은디?

이장 저는 제가 봤을 때 잘생긴 남자요!

최순희 어머니 (당황) 그래, 얼굴 봐야 돼.

김윤자 어머니 (당황2) 그래, 얼굴 봐야 디야.

이옥남 어머니 (당황3) 맞어....

분명 하시려던 말씀이 있었는데.... 누가 됐든 본인 맘에 드는 짝이 있으면 다행이라고 하셨다. 함께 아침드라마 재방송을 보며 부모가 반대하는 결혼도 다 제멋대로 하게 되어 있다고, 그런 결혼 하면 고생하지만 맘에 드는 사람 만나기 힘들다며 언젠가 제 짝이 찾아올 거란 말도 덧붙이셨다.

🄠 입맛 없을 때 먹으면 좋은 음식들

🄐 **김윤자 어머니** 경로당에 모여서 묵으믄 뭐든 맛있제. 새로운 음식을 사람들이랑 같이 먹으믄 입맛도 돌아와.

이장 그럼 계절별 별미는요? 봄부터!

강봉심 어머니 봄에는 봉금이가 회 갖다 주믄 회 같은 날 것 먹으믄 좋제.

이장 가을도 그라겄네요.

김윤례 어머니 그라제. 오늘도 맛있게 먹어 블라고 술 챙겨 왔으.

이장 술 드셔도 돼요?

김윤례 어머니 (딴청)

김윤자 어머니 여름은 국시제. 설탕 쳐가지고 묵기도 하고, 콩국시도 맛있고, 요리하기 귀찮으믄 중국집에서 시켜서 먹기도 해. 새콤하게 미역냉국도 맛있제. 별거 읎어.

강봉심 어머니 겨울은 든든하게 묵어야제. 돼지고기 푹 끓여갖고 국 끼래 묵으믄 맛있어.

이옥남 어머니 그라제.

김윤자 어머니 겨울 되믄 동지팥죽도 먹었잖애. 그렇게 팥죽도 끓여 먹고 살제.

특별한 음식은 아니지만 계절별로 찾아오는 별미 덕분에 나는 용암리 경로당에서 나날이 살이 찌고 있다. 같이 먹으면 맛있다는 어르신들의 말처럼 신기하게도 여럿이서 먹으면 더 맛있는 계절별 별미들. 입맛이 없을 때는 사람을 모아 놓고 북적북적하게 먹어 보자.

Q 어르신들의 최고 관심사

A 최순희 어머니 손지들 이야기를 많이 하제. 손지들 걱정하느라 깝깝하제. 우리덜은 다 살았은께 괜찮은디 앞으로 세상이 어떻게 될란가 모르니까.

김윤례 어머니 그라제, 건강하고 치매 안 걸리게, 다치지 않게 살아야 한께 건강에 관심이 많제. 다치믄 자식들이 고생한께, 그게 최대 관심사여.

강봉심 어머니 애기들 장가가고 시집가는 거. 다들 묵을 만큼 묵었는디 시집 장가를 안 간께.

이장 저한테는 천천히 가라믄서요.

강봉심 어머니 찬찬히 사람을 보라는 말이제.

이옥남 어머니 (작게) 건강이지.

구춘임 어머니 우리는 늘 손지들이나 가족들 걱정하제. 나이가 나인께 건강 걱정도 하고, 그것뿐이 없으.

다 살았다는 말을 들으면 속상하지만, 어머니들의 가족 걱정에 한도가 없다는 것이 더 속상하다. 아프면 안 되는 이유도 가족들이 고생할까 봐,가 가장 큰 이유인 용암리 어르신들이다.

Q 아침잠이 너무 많아서 고민이에요.

A **최순희 어머니** 아침잠이 많으면 깝깝하제. 저녁에 일찍 자야 일어나제. 일은 오전에 봐야 하거든. 오후 되믄 깝깝하고, 시간도 언능 가 블고.

김윤례 어머니 우리 이장도 젊어서 그런가, 늦게 일어나. 저번에 본께 수영 간다고 일찍 인나드만 잠깐이었어. 근디 나도 젊을 때는 언능 눈이 안 떠졌으. 원래 어릴 때는 잠이 많아. 고민 안 해도 돼야. 우리 손지도 주말만 되믄 이불 밖으로 안 나와. (손녀분에게 아쉬운 점 생략) 그래도 부지런하믄 좋제.

이장 (윤례 어머니 손녀분 미안해요.)

모두들 젊은 사람들은 늦게 자고 늦게 일어난다며 오전에는 손자들한테도, 이장한테도 전화하지 않으신다. 그래도 조금 부지런히 살았으면 하는 건 마음 따뜻한 할머니들의 걱정이다. 늘 손자들에게 잔소리하지만 늦잠 자는 손자들을 깨우지는 않는 아이러니.

❓ 인생에 정착해 가고 있는 2~30대 청년들에게 보내는 말

🅰 **최순희 어머니** 모두 용기를 내갖고 살아야 해. 버티고 나가야 돼. 이기고 나가야 돼, 지믄 안돼. 젊은이들 모두 힘내서 살아~ 우리는 다 살아갖고 상관 없는디, 살다 본께 살아져. 모두 사랑해~

김윤례 어머니 직장 없으믄 직장 언능 잡고, 결혼하고, 돈 벌고 그라고 살어.

성격이 고스란히 느껴지는 대답들이었다. 각기 다른 말들의 공통점은 진심으로 응원한다는 것이다. 어르신들이 생각하는 행복이란 잘 먹고 잘사는 것이라 표현은 그럴 수 있지만 진정 행복하길 바라는 마음에서 하시는 말씀들이다.

❓ 이제 막 취업했는데, 이렇게 벌어서 언제 결혼까지 할 수 있을지 무서워요.

🅰 **최순희 어머니** 그란께, 세상 어차까? 그 애기들을 어찌케 해야 할까? 힘든께.... 힘들어도 해 봐야 하지 않을까? 그란께 결혼을 해야 될랑가 안 해야 될랑가? 나도 그런 아들이 있은께. 그래도 결혼 생활을 하는 게 안 나으까? 젊을 땐 괜찮은데 나이 먹으면 서로 의지하고 사는 것이 훨씬 낫제. 혼자보단 둘이 의지하고 사는 게 나은디, 안 그라까...?

김윤례 어머니 어째야 쓰까? 아그들아, 용기를 내서 열심히 살아 봐라.

이옥남 어머니 (작게) 힘내라 해야제.

어르신들은 옛날과 지금은 엄연히 다른 세상이라고 말하신다. 사람 만나기 어렵고, 아기 키우기 힘든 세상이라 더 힘들 것이라고. 어르신들은 당장의 문제에 가려져 놓칠 수 있는 행복들을 누렸으면 하는 마음이었다. 누구보다 '함께'의 가치를 아시는 분들이기에 이렇게 말할 수밖에.

제가 이 마을 이장인디요

초판 1쇄   2024년 11월 19일

지은이   김유솔

발행인   유철상
기획·책임편집   김정민
편집   김수현
디자인   노세희, 주인지
마케팅   조종삼, 김소희
콘텐츠   강한나

펴낸곳   상상출판
출판등록   2009년 9월 22일(제305-2010-02호)
주소   서울특별시 성동구 뚝섬로17가길 48, 성수에이원센터 1205호(성수동2가)
전화   02-963-9891(편집), 070-7727-6853(마케팅)
팩스   02-963-9892
전자우편   sangsang9892@gmail.com
홈페이지   www.esangsang.co.kr
블로그   blog.naver.com/sangsang_pub
인쇄   다라니
종이   ㈜월드페이퍼

ISBN 979-11-6782-212-3(03810)
ⓒ2024 김유솔